Character
リル
『魔聖』オーディスの弟子として、修行の日々を送っている双子の姉。面倒くさがり屋なオーディスのお世話に手を焼くこともしばしば
「私たち、ずっと一緒だよ――！」
「私たち、ずっと一緒だよね？」
Character
ルリ
『魔聖』オーディスの弟子として、修行の日々を送っている双子の妹。偏屈な性格のオーディスの頑
な発言にはしっか
ミを入れる
I got a cheat ability in a different world, and became extraordinary even in the real world.
異世界でチート能力《スキル》を手にした俺は、現実世界をも無双する
～華麗なる乙女たちの冒険は世界を変えた～
GIRLS ガールズサイド SIDE
3

「私のこと、もっと頼ってくれていいのよ！
だって……私、あなたの先生なんだから!!」
Character
レクシア・フォン・アルセリア
世界中の悩める人々を救う旅を続けている、アルセリア王国の第一王女。東方の大国・リアンシ皇国で、まさかの家庭教師デビュー!?

王女と皇女
「レクシアさん……本当に綺麗で強くて……憧れちゃうの……」
Character
シャオリン
リアンシ皇国の皇女。皇帝の家系で古より受け継がれきた特殊な力《龍力》を発動することができず、幼い頃から兄や姉に蔑まれてきた

Character

ルナ

レクシアの護衛として世界を巡る冒険に同行している、元・凄腕暗殺者の少女。旅の仲間・ティトとともに、シャオリンに戦闘術を叩き込む

Contents

I got a cheat ability in a different world, and became extraordinary even in the real world. GIRLS SIDE 3

「ルナ先生、かっこいいの……！」

「どんな状況でも最大限の力を発揮できるように練習するぞ」

異世界でチート能力《スキル》を手にした俺は、現実世界をも無双する
ガールズサイド3
～華麗なる乙女たちの冒険は世界を変えた～

琴平 稜
原案・監修：美紅

ファンタジア文庫

3340

口絵・本文イラスト　桑島黎音

異世界でチート能力《スキル》を手にした俺は、現実世界をも無双する ガールズサイド 3
〜華麗なる乙女たちの冒険は世界を変えた〜
I got a cheat ability in a different world,
and became extraordinary even in the real world. GIRLS SIDE 3
Ryo Kotohira original:Miku illustration:Rein Kuwashima

プロローグ

「すごいすごい、速いわーっ！」

広大な平原を、三人の少女を乗せた橇《そり》が爆走する。

レクシアは、眩《まばゆ》い金髪をなびかせながら翡翠《ひすい》色の瞳をきらきらと輝かせた。

「話には聞いていたけど、リアンシ皇国って、とっても広いのね！」


――アルセリア王国の第一王女であるレクシアが、『世界を救う旅に出るわ！』と護衛のルナを連れて城を飛び出したのは、しばらく前のこと。

そんな前代未聞《ぜんだいみもん》の旅に獣人の少女ティトが加わり、南のサハル王国に続いて北のロメール帝国の危機を救った一行は、次なる目的地――東方の大国、リアンシ皇国の皇都へと向かっていた。


ルナが橇を操縦しながら、遥《はる》かな草原を見渡す。

「こんな大国が千年も続いているとは驚きだな。リアンシ皇国の皇帝家は、よほど強い力を持っているのだろう」

涼しげな青い瞳に、絹のごとき銀糸の髪。ほっそりと華奢《きゃしゃ》でありながらも、美しく引き締まった体軀《たいく》。

ルナはかつて【首狩り】と呼ばれる凄腕《すごうで》の暗殺者であった。

様々な経緯を経て今はレクシアの護衛をしているのだが、おそろしく腕が立ち、度重なる修行によって、今や一級の冒険者さえ凌《しの》ぐ強さを習得していた。

そんなルナの後ろで、獣人の少女——ティトが大きな猫耳をぴんと立てる。

「ノエルさんが、リアンシ皇国の皇都はすごく栄えてるって言っていましたね！　どんな所なのかわくわくします！」

ティトは希少な白猫の獣人で、世界最強の一角を担《にな》う『爪聖《そうせい》』の弟子でもあった。

金色の双眸《そうぼう》を輝かせて楽しげに白いしっぽを揺らす、その可憐《かれん》な見た目とは裏腹に、ひとたび戦闘となれば、銀色に輝く爪で強敵を打ち倒す。

レクシアが橇の行く手に目を馳《は》せながら、花のように笑った。

「独自の東方文化が根付いた、歴史と伝統の千年皇国……話には聞いていたけど、訪れるのは初めてだわ！　とっても楽しみね！」

透き通る白磁の肌に、陽光のごとく輝く金髪。宝石と見紛《みまが》うばかりにきらめく翡翠色の瞳には、強く眩い光が宿っている。

彼女こそが、アルセリア王国が誇る第一王女であった。

誰もを虜《とりこ》にする美貌でありながら、性格は天衣無縫にして自由闊達《かったつ》、大胆不敵。

憧れの少年――天上優夜《てんじょうゆうや》に少しでも近付きたいがために、父王や側近の制止も聞かず『私も世界を救う旅に出るわ！』と城を飛び出したおてんばお姫様だが、そんなレクシアが発案した旅によって、一行は既に二つの国を滅亡の危機から救っているのであった。

「しかし、ロメール帝国からリアンシ皇国の皇都まではかなりの距離があるが、この橇のおかげで予定よりずっと早く着きそうだな」

「ノエルさんに感謝ですね！」

三人が乗っている橇は、ロメール帝国の天才発明家ノエルが発明した魔導具で、魔鉱石という特殊な鉱石を燃料にしている。

この橇のおかげで、三人の旅は順調に進んでいた。

「それにしても、シュレイマン様の姪《めい》のシャオリン皇女って、どんな子なのかしらね？」

一行は、ロメール帝国のシュレイマン帝王から、『姪のシャオリンの家庭教師をしてほしい』と極秘の依頼を受けていた。

話によると、シュレイマン帝王の妹がリアンシ皇国の第三皇妃として嫁いでおり、その娘であるシャオリン皇女がわがままに育ってしまったという。

一行はそんな皇女の家庭教師をするべく、王宮のある皇都を目指しているのだ。

「シュレイマン様は、シャオリン様が家庭教師をことごとく追い返してしまうらしいと嘆いていたが……やれやれ、今度はどんな騒動が待ち受けているのやら……」

「大丈夫よ、こっちには『六花《りっか》の盾』と『サハルの宝剣』、それにノエルとフローラさんが発明した魔銃があるんだから！　何が来たって怖くないわ！」

「何と戦う気なんだ、お前は⁉」

「歩く宝物庫みたいになってますね」

三人は行く先々で国や人を救っては、そのお礼にと伝説級の宝物や武器を譲り受けているのであった。

「シュレイマン様にもらった『六花の盾』は、ロメール帝国の王家に代々受け継がれてきた至宝だと聞いたぞ。おいそれと使うなよ」

「どんな炎も無効化するすごい盾だそうですね！　ノエルさんの話によると、氷の大国ならではの、特別な精霊の力が宿っているとか……」

「それに、サハル王国でもらった宝剣も、特殊な魔力が込められているみたいだってフローラさんが驚いてたわね！　私たちは知らなかったけど、フローラさん曰《いわ》く『天陽の剣』っていう異名があるらしいわ」

「ああ、確か『常闇《とこやみ》の暗雲を切り裂いた』という伝説があるんだったな。……また肉を切るのに使ったりするなよ？」

そんな会話を交わす内に、皇都が近付いてくる。

「もうじき皇都が見えてくるぞ」

ルナの言葉に、レクシアが身を乗り出した。

「ねえルナ、最後に運転替わってよ！　ずっとお願いしてたのに、はぐらかしてばっかりだったじゃない。私もちょっとでいいから運転してみたいわ！」

「……はあ、最後だし、少しだけだぞ。頼むから無茶はするなよ？」

ルナは橇を止めると、レクシアと席を替わった。

「きゃー、楽しいわっ！」

レクシアが橇を運転しながらはしゃぐ。

やがて前方に巨大な門が見えてきた。

「あれが皇都の入り口ね！」

「わあ、大きい門……！」

皇都は巨大な壁に囲まれており、大勢の旅人や商人が門の前に列を成している。

「あれ？　なんだか兵士さんがたくさん立ってますね」

ティトの言う通り、門の周辺では武器を手にした大勢の兵士が目を光らせていた。

「通常の検問にしては、妙に物々しいな……レクシア、そろそろ止まれ。怪しまれないようにここで降りて、歩いて行くぞ」

「分かったわ！　……あら？」

「おい、このままじゃ門に突っ込むぞ、すぐに橇を止め……レクシア！」

「ち、違うの！　止まらないのよーっ！」

「え、えええええっ⁉」

レクシアはなんとか橇を止めようとするが、動力部が異常をきたしているようだった。

爆走してくる橇に気付いて、兵士たちが目を剝《む》く。

「な、なんだあの乗り物は⁉　突っ込んでくるぞ……⁉」

「待て待て、止まれーっ！」

「きゃーっ、どいてどいてー！」

なんとか軌道を門から逸《そ》らすも、橇はさらに速度を上げて壁へと突進する。

「このままじゃ壁にぶつかっちゃいます……！」

「くっ、やるしかないか……！　『乱舞』！」

ルナが愛用の武器——糸を展開して、瞬時に動力部を切り離した。

キィンッ——ガシャン！　ズシャアアアアアアッ！

壁に突っ込む直前で、橇が止まる。

「あ、危ないところでした～……！」

「ふう。さすがね、ルナ！」

「やれやれ、とんだ災難だったな」

胸をなで下ろしたのも束《つか》の間《ま》、顔色を変えた兵士たちが三人を取り囲んだ。

「お前たち、一体何者だ⁉　この乗り物は何だ！」

「私たちは旅人よ。そしてこれは、ロメール帝国の天才が発明した最新式の魔導具よ！」

「ロ、ロメール帝国の魔導具だと……⁉　噂《うわさ》には聞いていたが、これが……！」

「い、いや、こんな若い少女たちが最新式の魔導具を持っているなど、かえって怪しいぞ！　旅人を装《よそお》った反乱分子かもしれん……！」

「とにかく、詳しく調べさせてもらう！　こっちへ来い！」

「あわわわ、すっかり怪しまれてます、どうしましょう……！」

「心配いらないわ、誤解が解けたらすぐに通してくれるわよ！」

レクシアたちは橇《そり》をその場に置き、門の横にある取り調べ用の場所に連れて行かれた。

門では検査を受ける人々を、険しい顔をした兵士たちが見張っている。

「随分厳重だな」

「はい。それに、みなさんぴりぴりしています」

兵士が取り調べの準備をしながら口を開く。

「なにしろ皇位継承戦を控えているからな、少しでも怪しい輩《やから》は通すわけにいかんのだ」

「皇位継承戦？」

「ああ。四人の皇位継承者が、皇帝の座を巡って熾烈《しれつ》な試練に挑むという一大行事だ。開会式典には他国の要人も参列するため、警備も強化されているのだ」

「そ、そんな大変な行事があるんですね……！」

「ということは、シャオリン様もその行事に参加するのかしら？」

首を傾《かし》げるレクシアに、ルナが耳打ちする。

「いいかレクシア、余計なことは言うなよ。シュレイマン様から、私たちが家庭教師をすることは関係者以外には内密にしてくれと言われているからな」

「大丈夫よ。ロメール帝国を発《た》つ前に、シュレイマン様が王宮まで入れる特別通行証を発行してくれたし！　私に任せて！」

　書類を手にした兵士が聞き取りを始める。

「さて、お前たちの素性だが……」

「さっきも言った通り、私たちはただの旅人よ。旅の途中で、観光のために寄ったの。ほら、ちゃんと特別通行証もあるわ！」

　レクシアはそう言って、意気揚々と背負い袋を探る。

　しかし。

「……あら？」

　出てくるのは、お菓子や本、ラッパ、虫取り網、カラフルな旗に大量の恋愛小説という浮かれた道具ばかりだった。

「通行証が見つからないわ⁉」

「いらない物ばかり詰め込むからだろう！」

「この虫取り網はいったい……⁉」

慌てふためくレクシアに、ルナとティトが思わずツッコむ。

「どうするんだ！　通行証がないことには、王宮にも入れないぞ……！」

「きっと本の間とかに挟まってるわよ。観光してから探しましょう！」

「すごい、こんな状況なのに、観光する気満々です……！」

「その前に一度荷物を整理しろ……！」

てんやわんやの三人を見て、兵士たちがいっそう警戒を強める。

「くだらんでまかせを……特別通行証など、一介の旅人が手に入れられるわけがあるか」

「ますます怪しいな。やはり最先端の魔導具による皇都騒乱を企《たくら》んでいる不逞《ふてい》の輩か」

「あら、失礼しちゃうわ」

不信感を露《あら》わにする兵士に向かって、レクシアは頬を膨らませた。

「そういう悪巧みをするような無法者って、暴動とか爆発とか、とんでもない事件を起こすんでしょ？　私たちみたいな可憐《かれん》で可愛《かわい》い乙女が、そんな極悪人なわけないいじゃない！」

レクシアが毅然《きぜん》と胸を張った時。

ドガアアアアアアアアアアアアアアアンッ！

その背後で、橇が爆発した。

「うわあああっ⁉」

「な、なんだ⁉　橇が急に爆発したぞ⁉」

兵士たちが驚き、ティトが青ざめる。

「はわわわ……！　そういえばノエルさんから、皇都に着いたらすぐに橇を処分するようにって言われていたんでした……！」

「すっかり忘れてたわ！　橇が急に暴走したのも、爆発の前兆だったのかも。危ないところだったわね！」

「さすがはノエルの発明だな」

爆発を前に平然としている三人を、殺気立った兵士たちが取り囲む。

「き、貴様ら、やはり反乱分子だったか！」

「なにが可憐な乙女だ！　皇都に突っ込み、爆発を起こす気だったのだな⁉」

「違うわ！　あの橇は、元々そういう仕様なのよ！」

「そんな危険な乗り物があるわけあるか！」

「もっともな意見だな」

まったく動じていないレクシアたちを前に、兵士たちが怯《ひる》む。

「くっ、皇都前で堂々と爆発を起こし、武装した兵士に囲まれてこの余裕……！　ただ者じゃないぞ……！」

「すぐに捕らえて、王宮の地下牢獄《ろうごく》へ連れて行け！　あそこは皇都で一番堅牢《けんろう》な牢獄だ、どんな凶悪犯だろうと、絶対に脱獄できん！」

三人は兵士たちによって捕らえられた。

「あわわわ、着いて早々、大変なことになってしまいました……！」

「でも、手っ取り早く王宮に入れそうで良かったわね！」

「ポジティブすぎるだろう。はあ、先が思いやられるな……まあ、ちょうど通行証も行方不明になっていたところだ。せっかくだし、王宮内まで案内してもらうとするか」

「れ、レクシアさんもルナさんもすごいです、全然動じてない……！　なんで……⁉」

「よくあることだからよ！」

「よくあってもらっては困るのだが……」

こうして三人は、反乱分子として王宮に連行されることになったのだった。

第一章　リアンシ皇国

　レクシアたちは兵士に連れられて、王宮の回廊を歩いていた。

「これが東方建築なのね！　見たことのない装飾がたくさんあるわ！」

「わぁ、赤と金の対比がきれいで、とっても華やかですね！」

「柱に彫り込まれている蛇のような魔物は、東方の伝説に伝わる龍か？　見事な彫刻だな」

　興味津々《きょうみしんしん》の三人に、兵士たちが戸惑いを浮かべる。

「これから投獄されるっていうのに、なんでこんなに楽しそうなんだ……？」

「こんな反乱分子は初めてだ、調子が狂うな……」

　その時、廊下の角から優美な、しかし慌てたような声が掛かった。

「お待ちなさい！」

「！　ユーリ様！」

現れた人物に向かって、兵士たちが一斉に頭《こうべ》を垂れる。

「？　誰かしら？」

一行を呼び止めたのは、典雅な佇《たたず》まいの女性であった。

朱色の艶《あで》やかな髪に、人形のように整った顔立ち。所作には気品が溢《あふ》れ、身に着けた服や装飾も華やかで、一目で身分の高さが知れる。

しかしその様子は息を弾ませ、ひどく慌てているようだった。

ユーリと呼ばれた女性は、兵士に連れられているレクシアたちを見るなり目を見開く。

「ああ、なんてことを……！」

「ユーリ様、この者らは皇都で爆発を目論《もくろ》んでいた危険人物です、お下がりください！」

慌てる兵士たちに、ユーリは毅然と向き直った。

「その方々は、私《わたくし》の客人です」

「ええっ⁉　ゆ、ユーリ様のご客人……⁉」

「ええ。門番へ通達する手はずを整えていたのですが、わずかに遅かったようです。三人の少女が捕らえられたと聞いて、まさかと思いましたが……すぐに解放して差し上げて」

「は、ハッ！　そうとは知らず、申し訳ございません……！」

青ざめる兵士たちに、レクシアは朗らかに微笑《ほほえ》みかけた。

「いいのよ。ここまで案内してくれてありがとう！」

「案内されたわけではないと思うが……」

兵士たちは大慌てで三人を解放すると、何度も謝罪しつつ去って行った。

その足音が遠のくのを待って、女性は深々と頭を下げた。

「此度《こたび》のご無礼をお許しください。皆様が私の娘――シャオリンの新しい家庭教師ですね？」

「！　シャオリン様のお母様……っていうことは――」

女性はおっとりと微笑んだ。

「はい。お初にお目に掛かります。私はリアンシ皇国の第三皇妃、ユーリと申します。生まれはロメール帝国――シュレイマン帝王の妹です」

「そうだったのね！　助けてくださってありがとうございます！　私はレクシアよ！」

「ルナと申します。よろしくお願いいたします」

「は、初めまして、ティトっていいます！」

第三皇妃——ユーリは胸に手を当て、ほっと息を吐いた。

「先程兄からの手紙を受け取って、急いでお迎えの手はずを整えていたのですが、思った以上にご到着が早くて、根回しが間に合わず……」

「橇《そり》が速すぎて、危うく手紙を追い越しちゃうところだったのね」

「まあ、普通ならば倍以上は掛かる道のりだからな」

「やっぱりノエルさんの橇、すごいです！ ……爆発しちゃったけど」

「ば、爆発、ですか？ 先程も、兵士がそのようなことを言っておりましたが……」

目を丸くするユーリに、ルナが頷《うなず》く。

「はい。乗ってきた橇が皇都の前で爆発して、反乱分子だと疑われてしまったのです」

「そういうことだったのですね……重ね重ね、本当に申し訳ございません」

「いいんです。私が通行証を見失っちゃったのが、そもそもの発端なんですもの」

「まったくだ。門兵は任務を忠実に果たしたまで。きちんと仕事をしている証拠だな」

「でも、おかげですんなり王宮に入れました！」

「な、なんて寛大で前向きな……」

ユーリは、まったく動じていない気配のないレクシアたちを感嘆の目で見つめる。

「あの、シャオリンにはまだ伏せているのですが……レクシア様はアルセリア国王のご息女だとか……？」

「ええ！」

「まあ、本当に一国の王女殿下が……」

「それにルナとティトは、一緒にサハル王国やロメール帝国の危機を救った、とっても強くて頼もしい仲間なの！」

「あ、兄の手紙に書いてありましたが、まさか本当に……そんなすごい方々が、シャオリンの家庭教師になってくださるなんて……！」

「でも、騒ぎになると大変だから、私たちの正体は他の人には内緒にしてくださると嬉《うれ》しいわ！」

ユーリは半ば呆然《ぼうぜん》としていたが、三人が纏《まと》うただならぬオーラを見て、納得したように頷いた。

「あなた方なら、シャオリンも今度こそ言うことを聞いてくれるかもしれません……。詳しくは、お部屋にご案内してからお話しいたしましょう」

ユーリについて、庭園に面した回廊を歩く。

「わあ、綺麗《きれい》なお庭ね！」

「木々の他に、岩や苔《こけ》などが美しく配置されていて風情《ふぜい》があるな」

「あの池、とっても鮮やかなお魚が泳いでいます！」

レクシアはふと、庭の奥に一人の少女がいるのを発見した。

「あら、あの子は……？」

少女は真剣な顔で岩を睨《にら》み付けている。

「何をしているのかしら？」

「何やら力んでいるようだが……」

すると、少女が掛け声と共に岩に手をかざした。

「……えいっ！」

しかし何も起こらないのを見て、しょんぼりと肩を落とす。

「何かの特訓でしょうか？」

ティトが首を傾《かし》げる。

するとユーリがその少女に気付いて、驚いたように声を上げた。

「まあ、シャオリン！　今日は新しい家庭教師の先生がいらっしゃるから、お部屋で待っているようにと言ったでしょう？」

「！」

シャオリンと呼ばれた少女が振り返った。

幼さを残しながらも整った目鼻立ちに、勝ち気そうな瞳。絢爛《けんらん》たる服には美しい刺繍《ししゅう》が施され、華やかに結った髪には瀟洒《しょうしゃ》なかんざしが輝いている。

特に特徴的なのはその髪色で、鮮やかな橙色《だいだいいろ》に、一筋だけ真紅が混じっていた。

この少女こそがシャオリン皇女であると知って、レクシアがぱっと笑顔になる。

「あなたがシャオリン様ね！　私はレクシアよ、よろしくね！」

「………………」

しかしシャオリンはぷいっとそっぽを向くと、裾を翻《ひるがえ》してどこかへ行ってしまった。

「まあ、あの子ったら……ごめんなさい、ここのところずっとこの調子で。新しくつけた家庭教師もみな追い返してしまうし、最近では私の言うことも聞かなくなって……。このままでは、十日後からはじまる『試練の儀』が心配だわ」

「『試練の儀』？」

「皇都の門番が言っていた、皇位継承戦のことだろうか」

「ええ。詳しくはお部屋でお話しいたしましょう」

ユーリは一行を部屋に案内した。

侍女が持ってきたお茶を勧めながら、説明を続ける。

「この国の皇位継承者は、時が来ると一堂に集められ、三つの試練を与えられます。そして国中に鏤《ちりば》められたそれらの試練を乗り越え、勝ち抜いた者が皇帝となる……それが『試練の儀』なのです」

「次の皇帝を決めるために、そんな大がかりな儀式を行うのね！」

「シュレイマン様が『リアンシ皇国の皇位継承者争いは過酷だ』ってシャオリン様のことを心配されていましたけど、このことだったんですね……！」

ユーリは頷いて目を伏せた。

「リアンシ皇国の現皇帝には、四人の子どもがおります。第一皇位継承者のルーウォン皇子に、第二皇位継承者のユエ皇女、その弟である第三皇位継承者のマオ皇子に次いで、シャオリンは第四皇位継承者なのです。この国の皇帝家には、代々『龍力《りゅうりょく》』という特別な力が受け継がれて、皇帝の証《あかし》として重んじられているのですが、シャオリンには龍力が発現しておらず……さらに皇位継承者の中でも末席、しかも異国の血を引いているために、厳しい目を向けられているのです……」

ルナが難しい顔で腕を組む。

「その試練の儀まで、あと十日か」

「ええ。試練の儀は、他の皇位継承者の妨害を退けつつ、何日も掛けて三つの試練を巡り、乗り越えなければならないという厳しい儀式。三人まで従者の同行が許されているとはいえ、龍力のないシャオリンが勝ち抜くのは難しいでしょう……。シャオリンは私の大切な、愛する娘。皇帝になどならなくていいから、せめて無事に帰ってきてほしい……あなた方にはシャオリンに、最低限、身を守る術《すべ》を教えてやってほしいのです」

ユーリは思い詰めた表情で、レクシアたちに懇願する。

しかしレクシアはあっさりと告げた。

「あら、シャオリン様が皇帝になれないかどうかなんて、やってみなくちゃ分からないわ」

「えっ？　で、ですが、あの子はまだ幼く、龍力も使えないのですよ？　試練の儀を勝ち抜いて皇帝になれるとはとても……」

うろたえるユーリに、ティトが控えめに口を挟む。

「あの、さっきシャオリン様はもしかして、お庭で龍力の特訓をしていたんじゃないでしょうか……？」

「同感だ。少なくとも、本人は諦めていないように見えたぞ」

「そうよ。無理だなんて決めつける前に、まずは仲良くなって、シャオリン様の本心を聞いてみないとね！」

「あ、あの子の本心、ですか……？」

ユーリの戸惑いを払拭《ふっしょく》するように、レクシアは軽やかに片目を瞑《つぶ》った。

「ええ！　とにかく、私たちに任せてください！」

＊＊＊

レクシアたちは、第三皇妃の賓客として豪奢《ごうしゃ》な一室を宛てがわれた。

部屋に入った途端、ティトが目を輝かせる。

「わあ、大きいベッド！　それにお香でしょうか？　とってもいい香りがします！」

「調度品も豪華だな。東方独特の大胆な色使いと繊細な意匠……この壺《つぼ》だけで、馬車一台分の価値はあるだろうな」

「あっ、これが女官用の服ね！」

レクシアが、ベッドに置かれている服を嬉しそうに広げる。

レクシアの要望を受けて、ユーリが女官服を用意してくれていたのだ。

「わざわざ女官服に着替える必要があるのか？」

「もちろんよ。いつもの服だと目立っちゃうでしょ？　郷に入っては郷に従え、よ！」

「なるほど、そこまで考えているなんて、さすがレクシアさんです！」

「それに、さっき女官が着てた服、とっても可愛《かわい》かったし！」

「……レクシアさん、もしかして、着てみたいだけでは……？」

「ティトも分かってきたな。まあ、目立たない方がいいという言い分には一理ある。大人しく従おう」

荷物を置いて、さっそく女官服に着替える。

「この服、すっごく肌触りがいいわ！　ひらひらしてて、天女みたい！」

「ふむ、薄いのに丈夫だな。よほど上等な絹を使っているのだろう」

「き、着るのが少し難しいですが、練習ですね……！」

花や鳥の刺繍をあしらった華やかな服に飾り帯を締めると、三人はすっかり東方の女官という出《い》で立ちになった。

「いいわね、雰囲気出てきたわ！」

レクシアは満足そうにくるりと回ると、どこともなく空を指さした。

「気分も盛り上がったところで、まずはシャオリン様と仲良くなって、本心を聞き出すわよ！」

＊＊＊

女官服に身を包んだ三人が回廊を歩くと、すれ違う侍女たちが驚いたように振り返った。

「あら？　あんな可愛らしい女官、いたかしら？」

「シャオリン様の新しい家庭教師の方々らしいわよ。それにしても綺麗ねぇ」

「それに、なんて品があるのかしら、きっとやんごとなき身分の方に違いないわ……！」

そんな感嘆と憧憬のまなざしなど露知らず、レクシアはきょろきょろと辺りを捜す。

「シャオリン様はどこかしら？」

「ユーリ様によると、この時間は書庫にこもっているということだったが……」

女官たちに場所を尋ねつつ書庫へ向かう。

すると、シャオリンが数冊の書物を抱えて出てきたところだった。

「あっ、シャオリン様ー！」

「！」

びくりと顔を上げるシャオリンに、レクシアは笑顔で駆け寄る。

「初めまして、シャオリン様！　私はレクシア、新しい家庭教師よ。分からないことがあったら、何でも聞いてね！」

しかしシャオリンは顔を強《こわ》ばらせたまま、書物を胸に抱いて走り去ってしまった。

「っ……！」

「あら？　逃げちゃったわ」

「大きな声を出すからだろう。あれでは驚くに決まっている」

「あら、挨拶は社交界の基本よ。家庭教師なんだから、大切なことは教えないと」

すっかり張り切っているレクシアの横で、ティトが猫耳を垂らす。

「でも、なんだかすごく警戒されてますね……どうしてでしょう？」

「勉強が嫌いというわけでもなさそうだな。あの書物、ちらっと題名が見えたが、帝王学に関する内容らしい」

「ええっ⁉　まだ幼いのに、すごいわね！　私なんて帝王学の授業の度に抜け出したくてたまらなかったわ！」

「お前はもう少し王族という自覚を持て」

とは言いつつも、レクシアは天性の才覚に加えて努力を重ね、きちんと王族として必要な素養を身に付けている。天真爛漫《てんしんらんまん》すぎて突拍子もない性格は別として、家庭教師としてはまたとない存在であることを、ルナも理解していた。

レクシアはシャオリンが去った廊下を見ながら、真剣な顔で考え込んだ。

「あの様子、やっぱり何か理由がありそうね」

＊＊＊

その日一日、レクシアはめげずにシャオリンに声をかけ続けた。

「シャオリン様、ごはんご一緒してもよろしいかしら！」

「シャオリン様、一緒に遊びましょう！」

「シャオリン様、良い天気ね！　お庭でおしゃべりしましょう！」

しかしシャオリンはことごとく逃げ、しまいには三人の気配を察しただけで姿を隠すようになった。

「やっぱり逃げられちゃいます……！」

「困ったわね、これじゃあ仲良くなれないわ」

ため息を吐《つ》くレクシアの隣で、ルナが腕を組む。

「しかし、誰に言われるでもなく熱心に特訓するとは、見所があるな」

「はい。それに、お勉強もとっても一生懸命です」

ルナとティトの言う通り、シャオリンを見掛ける度に、龍力の特訓らしきことをしたり、分厚い本に目を通しては熱心に手帳に書き込んだりしていた。

「あんなにがんばっているんですもの、家庭教師として、ますます応援したくなったわ！」

しかし結局その日は、夕方までシャオリンと会話を交わすことはできなかったのだった。

＊＊＊

そして日が暮れかけた頃。

三人は、離れにある湯殿で一日の疲れを癒やしていた。

「はあ～。広くて気持ちいいわ、最高ね！」

「木の香りがして癒やされます～」

「さすがユーリ様専用の湯殿、豪華だな」

三人がいる湯殿は、本来は第三皇妃専用なのだが、ユーリが特別に貸してくれたのだ。

花びらの浮かんだお湯に浸《つ》かりながら、レクシアが唇を尖《とが》らせる。

「それにしても、まさかお話しすることさえできないなんて、思ったより手強《てごわ》いわね」

「あの様子だと、無理に接近してもますます警戒させるだけだな」

「他の家庭教師も追い返してしまったと聞きましたが……どうしてあんなに嫌がるんでしょうか？」

「私もよく家庭教師の授業を抜け出すことはあったけど、ここまでではなかったわね」

「そもそも抜け出すな」

レクシアは首を傾《かし》げる。

「それにやっぱりシャオリン様を見てると、お勉強が嫌いっていうわけでもなさそうなのよね」

「むしろ、ずっとお勉強や特訓をしていますもんね……何か困っているなら、お力になりたいのですが……」

「とにかく、試練の儀まであまり日数もない。何か策を考えなくてはな」

「そうね。お風呂《ふろ》から上がったら作戦会議をしましょう！」

身体《からだ》を洗って湯殿を出る。

広い脱衣所で髪を拭いていると、レクシアが声を上げた。

「あら？　服がないわ」

「ええっ？」

見ると、確かに三人の服が忽然《こつぜん》と消えていた。

「こ、ここに置いてたはずなのに……！」

「誰かが間違って持っていったのかしら？」

「いや、ユーリ様専用の湯殿だ、その可能性は低いだろう。第一、他の者の出入りはなかったしな」

そんな中、ティトがぴくりと猫耳を動かした。

「あっ！　あそこです！」

「キキ、キュイッ！」

ティトが示した先、四匹の小形の魔物が、三人の服を引きずりながら窓の外に出ようとしていた。

「あれは……【花鼬鼠《いたち》】か⁉」

「ど、どうして魔物がここに⁉」

花鼬鼠は東方に住まう魔物の一種だ。

リスに似た小形の魔物で、小さな角と、花びらに似た翼が生えている。愛らしい見た目から愛玩用として人気があるが、いたずら好きなことでも有名だった。

「キュイーッ！」

花鼬鼠は止める暇もなく、服をくわえたまま窓の外に飛び出した。

「あっ！　こらーっ、待ちなさい！」

「はわわわっ、れ、レクシアさん、タオルを巻かなきゃ――！」

「ひゃうっ⁉　ん、ゃっ、く、くすぐったいわ、ティト……！」

「あわわわ、ご、ごめんなさい、手が滑って……！」

急いでタオルを巻いている間に、花鼬鼠たちは服を持ち去ってしまう。

「ど、どうしましょう、ここは本殿から離れてるし、助けも呼べません……！」

「タオルはあるんだし、このまま部屋に戻って着替えたらいいんじゃない？」

「いや、シャオリン様の家庭教師がそんな格好で王宮内を歩いていたなどという噂《うわさ》が広まれば、シャオリン様とユーリ様の名に傷がつくぞ」

ルナはそう言いつつ、腕に巻いていた糸を解いた。

「幸い、糸はある。なんとかなりそうだ」

「ルナさん、お風呂にまで糸を⁉　す、すごい……！」

「これでもレクシアの護衛なのでな」

「さすが私のルナね！　でも、糸を使ってどうするの？」

ルナは脱衣室を見回すと、豪奢《ごうしゃ》なカーテンに目を付けた。

「ふむ、これが良さそうだな。──『乱舞』！」

しゅぱぱぱぱぱ！

たちまち糸が舞い踊って、カーテンを裁断する。

さらに瞬時に縫い合わせると、あっという間に華麗な服が完成した。

「即席だが、これでしのげるだろう」

「わあ、すごいです！　本物のドレスみたい……！」

「ルナ、いつの間にそんなことができるようになったのよ!?」

カーテンのドレスは三人の背丈にぴったりで、即席とは思えない程に優雅な作りをしていた。

「さあ、服を盗んだ魔物を追うぞ」

「はいっ！　こっちからにおいがします！」

三人は湯殿を飛び出すと、ティトを先頭に魔物を捜し始めた。

「それにしても、どうして王宮内に魔物がいるのかしら？」

「それに、わざわざ私たちの服を盗むなんて……」

「花鼬鼠は愛玩用として人気の高い魔物だ、ひょっとすると、誰かに使役されているのかもしれないな」

「だ、誰かのいたずらっていうことですか？」

「もしくは、私たちを良く思っていない人物の仕業か、だな」

「さっそく一波乱っていうわけね！　もしかすると私たち、陰謀が渦巻く宮廷で、とんでもない事件に巻き込まれているのかも……！」

「うう、宮廷怖い……！」

「いや、単に服が盗まれただけだぞ……？　軽いいやがらせだろう」

そんな会話を交わしながら魔物を捜していると、途中で出会った女官たちが、レクシアたちの服を見て目を丸くした。

「まあ、家庭教師の先生方。綺麗《きれい》なお召し物ですね！」

「こんな不思議な意匠、初めて見たわ！　どこで手に入るのかしら？」

興味津々《きょうみしんしん》の女官たちに、ルナが口を開く。

「すまない、風呂に入っている間に、私たちの女官服が持ち出されてしまってな。見ていないだろうか？」

「ええっ!?　み、見ていないですが……！」

そんな中、風のにおいをかいでいたティトが庭を指さした。

「あっ、あそこです！」

夕焼けに染まる庭、高い木の上で女官服が風にたなびいていた。

「あら、きれい！　木の上でひらひらしてると、本当に天女の羽衣みたいね！」

暢気《のんき》に歓声を上げるレクシアの背後で、女官たちが驚く。

「ええっ⁉　ど、どうしてあんなところに⁉」

「どうしましょう、あれじゃあ取れないわ……！」

「い、今新しい服をお持ちいたしますね！」

うろたえる女官たちを、ルナが遮った。

「いや、その必要はない。──『避役《ひえき》』！」

木の上に糸を放つと、あっという間に服を回収する。

「えっ⁉　今のどうやったの⁉」

「あんな高い所にあった服が、勝手に手元に……⁉　魔法かしら、すごいわ……！」

女官たちは、糸を目に捉えることすらできず、まるでルナが魔法を使ったかのように見えたのだった。

ルナは女官服を手に、ふうと息を吐いた。

「さて、即席ドレスから着替えて、カーテンに縫い直すぞ」

「復元までできるんですか⁉　ルナさんすごいです……！」

「あら、私、このドレス気に入っちゃったわ。カーテンなら、代わりに父上に言って新しいものを送ってもらいましょう」

　その会話を聞いていた女官たちが仰天する。

「ええっ⁉　そのドレス、カーテンなのですか⁉」

「一流の家庭教師様は、お裁縫の腕前まで一流なのね……！」

「それに、ご実家から王宮のものと同等のカーテンを取り寄せるなんて、やはりやんごとなき身分の御方なんだわ……！」

　三人はざわめく女官たちに別れを告げて、着替えのため部屋に戻った。

「それにしてもあの魔物、盗んだ服をわざわざ木の上に引っ掛けるなんてやるじゃない」

「巣作りに利用するつもりだった、とかでしょうか……？」

「いや、やはり誰かの指示だったと考えた方が自然だろう」

「それじゃあ、一体誰が……」

　そんな会話を交わしながら、部屋の扉を開く。

　すると、驚きの光景が飛び込んできた。

「あーっ！　何よ、これ⁉」

四匹の花鼬鼠が、荷物を荒らしていたのだ。

「キキッ！　キキキキ！」

小形の魔物たちは、部屋を縦横無尽に駆け回って花瓶や家具を倒し、レクシアの背負い袋からお菓子を引っ張り出しては食べ散らかす。

「ま、またこの子たちですっ……！」

「私のお菓子がーっ！」

「キキーッ！」

レクシアは部屋に飛び込むと、花鼬鼠を追い回した。

「こら、返しなさい！　人のものを盗んじゃダメよ！」

「キュイ？　キキキッ！」

「もうっ、待ちなさい！　そのお菓子はダメよ、ダメだってばーっ！」

「あいつ、花鼬鼠と同等にけんかしてるぞ」

「あわわわ、部屋がますます大変なことに……！」

見かねたティトは爪を構えると、地を蹴った。

「す、すみません、ちょっと我慢してくださいね！　【爪閃《そうせん》】っ！」

「キキ⁉」

力を加減しながら部屋を駆け抜け、瞬《また》く間《ま》に花鼬鼠たちを抱きかかえる。

「ふう、全員捕まえました！」

「すごいわ、ティト！　こんなにすばしっこい魔物をあっという間に捕まえるなんて！」

「力の調整がうまくなったな」

「えへへ、お二人のおかげです！」

「キーッ！　キュイイーッ！」

レクシアは、ティトの腕の中でじたばたしている花鼬鼠《いたち》からお菓子を取り上げて、ポケットに仕舞った。

「まったく、人の服を盗んだり荷物を散らかしたり、なんていたずらっ子なのかしら！」

「キキュイーッ！」

「あっ！」

ティトが声を上げる。

怒った花鼬鼠の一匹が、ティトの腕からするりと抜け出し、レクシアの服の中に潜り込んでしまったのだ。

「きゃっ⁉」

花鼬鼠が服の中でもぞもぞと動き回り、レクシアが身悶《みもだ》える。

「んっ、ひゃ……⁉　ふふっ、くすぐったいわ……！　こら、出てきなさい……！」

「キュ、キュキュイー！」

「あっ、だめよ、そこは……きゃぅっ⁉」

「あわわわ、す、すぐに捕まえますねっ！　失礼します、レクシアさんっ！」

「きゃあっ⁉　ティト、そこは違うわっ……ひゃぁんっ……⁉」

「やれやれ。さすがにいたずらが過ぎるだろう。──『蜘蛛《くも》』」

ルナは花鼬鼠が服から顔を出す瞬間を狙って、素早く糸で捕まえた。

「キュイっ⁉」

「はぁ、はぁっ……助かったわ、ルナ！」

「キキューッ！」

レクシアのポケットの中のお菓子を狙って、花鼬鼠がじたばたともがく。

レクシアは頬を膨らませた。

「このお菓子はだめよ、あなたたちの身体《からだ》には良くないかもしれないでしょ？　代わりにこのみかんをあげるわ？」

レクシアは、ロメール帝国で手に入れた果実を差し出した。

「キキ……？」

花鼬鼠は不思議そうにしていたが、みかんを一口かじるなり、つぶらな瞳が輝いた。

「！　キキュー ッ！」

「ふふ、お口に合ったみたいね」

花鼬鼠たちは夢中でミカンを平らげると、嬉《うれ》しそうにレクシアの肩に登った。

「キュキュッ、キュ～」

「きゃっ！　ふふ、くすぐったいわ。そんなにみかんが気に入ったのね」

「すっかり懐《なつ》いちゃいましたね」

「しかし、服のことといい、この部屋といい、随分やんちゃをしてくれたな」

「ねえあなたたち、こんないたずらをしたのはご主人様の指示なの？　あなたたちのご主人様って……ひゃうっ⁉　だめよ、耳を舐《な》めないで！」

その時、騒ぎを聞きつけたのか、女官たちが集まってきた。

「どうかなさいましたか！」

女官たちが部屋の惨状を見て立《た》ち竦《すく》む。

「こ、これは一体⁉」

「大変！　すぐにお掃除を……！」

「それには及ばない。『傀儡《かいらい》』！」

ルナは糸を繰って、あっという間に部屋を片付けた。

「ええっ⁉　い、一瞬でこんなに綺麗に……⁉」

「一体どんな魔法を使ったのかしら……⁉　ぜひ教えていただきたいわ……！」

女官たちは何が起こったのか分からず唖然《あぜん》としていたが、レクシアの肩に乗った花鼬鼠に気付いて目を丸くした。

「あら、それは……」

「知っているのか？」

「は、はい。シャオリン様が可愛《かわい》がっている魔物です。不思議だわ、シャオリン様以外には絶対に懐かなかったのに……」

レクシアたちは顔を見合わせた。

「この子たちは、シャオリン様の飼っている子たちだったのね」

「なるほどな」

「ということは、服を盗んだのも……？」

すると、女官たちは何か思い当たったのか、言いづらそうに口を開いた。

「あの……シャオリン様は、今まで来た家庭教師をことごとく追い返してしまって……」

「もしかすると、これもシャオリン様が皆様を困らせようとしてやったことかもしれず……大変申し訳ございません……！」

しかし三人は、なんでもないことのように首を傾《かし》げた。

「ん？　こんなもの、困った内に入らないぞ？　普段はもっと規格外の事件ばかり起こるからな」

「そうよ。私が同じ年頃に仕掛けたいたずらに比べたら、可愛いものだわ！」

「元気がいいのは良いことです！」

さらにレクシアは、より一層瞳を輝かせて胸を張る。

「でも、もしシャオリン様がしたことなら、やっぱり何か理由があるはずだわ。いよいよ話を聞いてみなくちゃね！」

女官たちはそんなレクシアたちの様子に、目を見開いた。

「今までの家庭教師は三日ともたず音を上げたのに、こんな方々は初めてだわ……！」

「もしかすると、シャオリン様も今度こそ心を開いてくださるかもしれない……」

何もかも規格外な家庭教師――レクシアたちの登場によって、幼いシャオリンを心配していた女官たちの胸にも、希望の光が灯《とも》ったのだった。

＊＊＊

そして、翌朝。

レクシアたちは、それぞれ花鼬鼠を頭や肩に乗せて、回廊を歩いていた。

「今日こそこの子たちを、シャオリン様の元に返さなくちゃね」

「あれからシャオリンさんを捜しましたが、会えませんでしたもんね」

「しかし、まさかこんなに懐かれるとはな」

「キキュッ！」

四匹の花鼬鼠は、すっかり三人に懐いて、一晩一緒に過ごしたのだった。

「あっ、見てください」

ティトが庭を指さす。

大きな庭には木々や池、橋、石造りの椅子や机が設《しつら》えられてあり、中にはオーガほどの大きさの岩もあった。

その巨大な岩の前に、シャオリンが立っていた。

最初に見掛けた時と同じく、呼吸を整え、岩に向かって手をかざす。

「はっ！」

何も起きないのを見て、一瞬悲しそうな顔をするが、めげずに再び岩に向かう。

「……昨日と同じ、何かの特訓をしているように見えるわね。あれってやっぱり……」

「ああ、おそらく龍力の特訓だろう。こんな朝早くから、勤勉なことだ」

「一生懸命ですね……」

シャオリンは同じ動作を幾度となく繰り返すも変化はなく、しょんぼりと肩を落とす。

しかし、すぐに頬をぺちぺちと叩《たた》いて顔を上げると、今度は石造りの机に向かった。

積み上げた本を読んでは、赤い表紙の手帳に書き込んでいく。

「今日は歴史のお勉強みたいです」

「宮廷作法の本も積んであるな」

「あの手帳、随分使い込まれてるわ。とても愛用されてるのね」

そんな中、一匹の花鼬鼠がレクシアの肩から下り、シャオリンに駆け寄った。

「キュキュー！」

シャオリンは花鼬鼠に気付くと、ぱっと破顔してかがみ込む。

「おかえりなさい。帰ってこないから、心配したの」

「キュイ〜ッ」

花鼬鼠と戯《たわむ》れるシャオリンを見て、レクシアは庭に下りた。

「やっぱりシャオリン様の飼っている子たちだったのね！　行きましょう！」

「おい待て、レクシア！　もっと慎重に……！」

ルナが止める暇もなく、レクシアはシャオリンに声を掛ける。

「おはようございます、シャオリン様！」

「！」

シャオリンが弾《はじ》かれたように顔を上げる。

慌てて本を抱えて席を立とうとした時、レクシアの金髪をかき分けて、もう一匹の花鼬鼠が顔を出した。

「キュキュッ！」

「あっ、その子は……」

「昨日、私たちのお部屋に迷い込んじゃったみたいなの。会えて良かったわ」

ルナとティトもやって来て、花鼬鼠を机に下ろす。

シャオリンは戸惑いながら、レクシアから花鼬鼠を受け取った。

「……あ、あの……あなたたちは、怒らないの……？」

「あら、どうして？　その子たち、ちょっといたずら好きみたいだけど、すっごく可愛くて癒やされたわ！」

「ああ。それにあの程度のいたずら、子猫に甘噛《あまが》みされたようなものだ」

「みんなとっても人懐《ひとなつ》っこくて、大事にされてるんだなってほっこりしました！」

「…………」

驚いたように目を瞠《みは》るシャオリンに、花鼬鼠たちが嬉しそうに駆け上った。

「キュキュ〜ッ！」

顔を舐められて、シャオリンがくすぐったそうに笑う。

「ふふ。あとでごはんをあげるの。お部屋で待っていてなの」

「キュキューッ」

ふわふわのしっぽが廊下を走り去るのを見届けて、レクシアはシャオリンに笑いかけた。

「朝からお勉強なんて、とっても偉いわ！　それに、いつも一生懸命に何の特訓をしているの？」

するとシャオリンは、緩んでいた頬をはっと強《こわ》ばらせた。

レクシアから目を逸《そ》らし、尖《とが》った声を零《こぼ》す。

「……あ、あなたたちには、関係ないの。そんなことよりも、まだここにいるつもりなの？　もう分かったでしょ。わたしなんかに関わっても、良《い》いことはないの。あなたたちのためにも、早く出て行った方がいいの」

「あら、良いことがないかどうかは、自分で決めるわ。それに私たち、シャオリン様と仲良くなりたいの！」

「仲良く……？」

シャオリンは目を見開いた。

「どうして……今までの家庭教師は、誰もそんなこと言わなかったの……それに、ちょっと嫌がらせをしたら、すぐに去って行ったの……皇帝になれる見込みのない皇女に、何を教えても無駄だって……。なのに、あなたたちはどうして……」

シャオリンが掠《かす》れた声を零したその時、回廊から嘲るような声が上がった。

「おや、落ちこぼれが何かしているぞ」

現れたのは、三人の人物だった。

男が二人に、女が一人。

全員華美な服に身を包み、目の覚めるような橙《だいだい》の髪をしている。鋭く尖った双眸《そうぼう》には、侮蔑と嘲りの表情が浮かんでいた。

「兄様、姉様……！」

緊張した面持ちのシャオリンを見て、レクシアがルナとティトに目配せした。

「どうやらシャオリンのお兄さん——他の皇位継承者たちみたいね」

「ああ。上からルーウォン皇子、ユエ皇女、マオ皇子だったか」

「試練の儀で、シャオリンさんと皇位を巡って競う三人ですね……！」

長兄であるルーウォン皇子が、シャオリンの手元に目を遣《や》った。

「ん？　なんだ、その手帳は？」

「あっ、これは……」

シャオリンが慌てて手帳を隠そうとする。

しかしルーウォンは口を歪《ゆが》めて笑った。

「なんだぁ？　落ちこぼれが、いっちょまえに隠し事か？　生意気な」

ルーウォンがシャオリンに向かって手をかざす。

すると、その身体《からだ》から橙色の力が出現した。

その力は巨大な腕のような形になると、目にも留まらぬ速さでシャオリンの手帳を奪う。

「あっ！」

初めて見る力に、レクシアたちは思わず目を瞠った。

「あれは何⁉」

「オーラを具現化して、自在に操れるのか……⁉」

「もしかして、あれが龍力なんでしょうか……⁉」

シャオリンは奪われた手帳を取り返そうと声を上げる。

「か、返してなの……！」

しかしルーウォンはぱらぱらと手帳を開き、ばかにするように片目を眇《すが》めた。

「『皇帝たるもの、常に民の声に耳を傾けるべし』……？　ははは！　必死に何の勉強をしているのかと思ったら、お前みたいな混ざりモノが皇帝になれるとでも思ってるのか？」

「クク、落ちこぼれがまた無駄なことをしているようだね？　それより試練の儀に向けて、龍力を鍛えたらどうかなぁ？」

「あら、そんなことを言ったらシャオリンが可哀想《かわいそう》よ、マオ。だって鍛えたくても、その龍力がないんですものォ」

皇子ら三人は、口々にシャオリンを嗤《わら》う。

しかしシャオリンは強い瞳で三人を睨《にら》み付けた。

「わ、わたしだって、今はまだ龍力を使えないけど、試練の儀までにはきっと使えるようになるの……！　そしてファラン様のような、立派な皇帝になってみせるの……！」

すると皇子たちは忌々《いまいま》しげに顔を歪めた。

「あらァ、混ざりモノごときが、生意気な口をきくじゃない」

「やれやれ、分かっていないようだね。そもそもお前のような混ざりモノが試練の儀に出ること自体が不敬なんだよ？」

シャオリンは悲しそうな顔で、震えながら口を開いた。

「っ、どうしてそんなひどいこと……今の兄様たちは、皇帝には相応《ふさわ》しくないの……！」

「なんだと？　少しはわきまえろ、混血の赤毛めが！」

激昂《げっこう》したルーウォンが、橙色のオーラを操って手帳を池へ放り投げる。

「あっ……！」

シャオリンが青ざめながら手を伸ばした先、手帳が水面《みなも》へと落下していき――


「え――いっ！」


レクシアが、手帳を追って池に身を投げた。

「レクシア――⁉」

「レクシアさ――ん⁉」

シュパパパパパッ！

ルナが咄嗟《とっさ》に糸を放ち、レクシアを空中につなぎ止める。

「良かった、手帳は無事よ！」

池の上で浮遊したまま高々と手帳を掲げるレクシアに、皇子たちが目を剝《む》いた。

「なっ⁉　なんだあいつ⁉　手帳を庇《かば》って池に飛び込もうとしたぞ⁉」

「っていうか、宙に浮いてない⁉　どういうことなの⁉」

　仰天する皇子たちをよそに、ルナは糸を操ってレクシアを引き戻した。

「ふう、シャオリン様の大事な手帳が濡《ぬ》れなくて良かったわ！　ありがとう、ルナ！」

「お前、考えなしに行動するなといつも言ってるだろう！」

「あら、だってルナとティトが助けてくれるでしょ？」

「そういう問題じゃない！」

「あわわわ、魚の餌になっちゃうところでした……！」

「うーん、あの魚、人間は食べないんじゃないかしら？」

「そういう問題でもない！」

「な、なんだお前ら、いったい何者なんだ……⁉」

　うろたえる皇子たちを、レクシアは守り抜いた手帳を胸に抱いて強い瞳でねめつけた。

「私たちは、シャオリン様の家庭教師よ！　私たちが付いている限り、シャオリン様は絶対に負けないいんだから！」

「な、なんだと⁉　家庭教師風情《ふぜい》が、分をわきまえろ……！」

　ルーウォンが怒りのままレクシアに手をかざそうとした瞬間、ルナとティトが前に出た。

「いくら皇位継承者といえど、王宮内での諍《いさか》いは御法度《ごはっと》ではないか？」

「力は正しく使うものです……！」

二人が放つ規格外な殺気に気圧《けお》されて、皇子たちが後ずさる。

「な、なんなのよォ、こいつら……!?」

「なんだよ、この殺気ッ……本当にただの家庭教師か……!?」

怯《ひる》む皇子たちに向かって、レクシアは凛《りん》と声を張り上げた。

「シャオリン様は、絶対に試練の儀で勝ち抜いて、立派な皇帝になるんだから！　あなたたちなんか目じゃないわ！」

「……！」

レクシアの言葉を聞いて、シャオリンが目を見開く。

ルーウォンが舌を鳴らした。

「チッ……大口を叩《たた》けるのも今のうちだぞ。落ちこぼれの味方をしたこと、泣いて後悔するがいい！　行くぞ、ユエ、マオ！」

皇子たちは、悪態を吐《つ》きながら去っていった。

レクシアが額を拭いながら息を吐く。

「ふう。何とか切り抜けたわね！」

「まったく、王宮内で皇位継承者に楯突《たてつ》くとは……無茶をするなと何度言えば分かるんだ？」

「だって、こんなにがんばってるシャオリン様のことを好き勝手言って、許せないわ！」

レクシアは頰を膨らませていたが、シャオリンに向き直ると笑顔で手帳を差し出した。

「はい。手帳は無事よ、安心してね！」

「あ、あの……ありがとうなの……」

シャオリンは手帳を胸に抱くと、小さな声で礼を言った。

レクシアが優しく微笑《ほほえ》んで首を傾《かし》げる。

「その手帳、大切に使ってるのね。いつもどんな勉強をしてるの？」

「……最近は、他の国の歴史や技術、政治を学んでいるの……あと、君主に大切な心構えとか、礼儀作法とか……」

するとレクシアは目を輝かせた。

「それって、人の上に立つ者としてとっても大切なことよね！　偉いわ！」

「この歳《とし》で他国にも目を向けられるなど、そうできることではないな」

「ますます、大事な手帳が池に落ちなくて良かったです！」

「……あなたたちは、わたしのことを笑わないの……？」

シャオリンがおずおずと尋ねる。

するとレクシアは、きょとんと首を傾げた。

「だってシャオリン様、皇帝になりたいんでしょう？」

「！」

「さっきも、龍力の特訓をしていましたよね？　シャオリン様ががんばっているの、ずっと見てました！」

「その手帳も、たゆまぬ努力の証《あかし》だろう」

「……っ」

シャオリンがぎゅっと手帳を抱きしめた。白い頰は桜色に上気し、宝石のように煌《きら》めく瞳にはうっすらと涙が浮かんでいる。

そんなシャオリンに、レクシアは微笑みかけた。

「もし良かったら、シャオリン様が皇帝になるのをお手伝いさせてほしいの。私たちが家庭教師になったきっかけは、シュレイマン様に依頼されたからだけど……でも、一人でがんばっているシャオリン様のことを見ていて、心から応援したいって思ったの。私たち、シャオリン様はきっと立派な皇帝になれるって信じてるわ！」

シャオリンは泣きそうな顔でレクシアたちを見つめていたが、唐突に頭を下げた。

「い、今までいじわるをしてごめんなさいなのっ……！」

「シャオリン様？」

「……あなたたちは、みんなと違うのね。お母様や、今までの家庭教師の先生はみんな、龍力も使えないわたしが皇帝になれるわけないって、誰も信じてくれなかったの……皇帝なんか目指さず、ただ自分の身を守って、平穏に生きることだけ考えろって」

シャオリンは俯《うつむ》いていた顔を上げる。

「でもわたしは、そんな生き方はいやなの。ファラン様のような、立派な皇帝になりたいの……！」

「そういえばさっきもそう言ってたけど、ファラン様って？」

「リアンシ皇国の初代皇帝陛下なの。とても優しくて聡明《そうめい》な女性で、千年前、この地で暴れていた恐ろしい獣を規格外の龍力で倒して、リアンシ皇国を築いて平和をもたらしたって言われているの。善政を敷き、民を愛し、国を豊かにして、たくさんの人たちを救ったって……わたしもファラン様のように多くの人を幸せにするような、そんな皇帝になりたいの。兄様たちは、龍力も使えないくせにって笑うけれど……それでも諦めたくないのお願い、わたし、まだ龍力も使えないし未熟だけど……力を貸してほしいの……！」

シャオリンの必死の叫びを受け止めるように、レクシアは胸に手を当て、高らかに宣言した。

「任せて！　絶対に試練の儀を勝ち抜いて、他の皇子様たちを見返してやりましょう！　心配ないわ、なんたって私たちがついてるんだから！」

ティトとルナも笑顔で頷《うなず》く。

「シャオリンさんが夢を叶《かな》えられるように、全力でお手伝いします！」

「おてんば姫のお守りなら慣れているしな」

「それって誰のことよ、ルナ⁉」

賑《にぎ》やかなやりとりを見ながら、シャオリンが嬉《うれ》しそうに涙ぐむ。

レクシアはそんなシャオリンの手を握った。

「これからは一人じゃないわ。一緒にがんばりましょう！」

「ありがとうなの……！」

その後、レクシアたちはシャオリンと共にユーリの元へ向かった。

ユーリはレクシアたちの言葉に静かに耳を傾けていたが、聞き終えるとシャオリンの手をそっと取った。

「そうだったの……ごめんなさいね、シャオリン。あなたを大切に想《おも》うがゆえに、あなたの身を守ることばかり考えていた……でも、私が間違っていたわ。あなたも皇帝の血を引く、気高い子。あなたが望むとおりにやってみなさい」

「お母様……ありがとうなの」

ユーリはシャオリンに微笑みかけると、改めてレクシアたちに頭を下げた。

「皆様、どうかシャオリンをよろしくお願いいたします」

「ええ、任せてください！」

こうしてレクシアたちは正式に家庭教師としてシャオリンを導くことになったのだった。

＊＊＊

第二章　龍力

四人はシャオリンの部屋に移動して、改めて自己紹介をすることになった。

「改めて、私はレクシアよ。同じ立場として、相談に乗れることもたくさんあると思うわ。よろしくね、シャオリン様！」

「同じ立場？」

きょとんとするシャオリンを見て、レクシアが手を打つ。

「そういえば、まだ言ってなかったわね。私、アルセリア王国の王女なの！」

「えええええっ⁉　い、一国の王女様が、わたしの家庭教師に……⁉」

「だから王族同士、分からないことがあったら、何でも聞いてね！」

胸を張るレクシアに、ルナは横から呟《つぶや》いた。

「まあ、レクシアはあまり参考にはならないかもしれないがな」

「何よ、ルナ！　これでも視察とか会食とか外交とか、ちゃんと王女としての責務を果たしてるんですからね！　退屈だけど！」

「退屈って、お前な……」

「お、王女様が家庭教師をするだなんて、聞いたことがないの……！　どどどうしよう、緊張するの……！　よ、よろしくお願いします、なの……！」

緊張した面持ちで頭を下げるシャオリンに、レクシアは朗らかに笑った。

「あら、敬語じゃなくていいわよ。私たち、もうお友だちなんだから！」

「お、お友だち……！」

「レクシア、さすがに不敬だろう。私たちは今、皇女殿下とその家庭教師という関係だ。逆にこちらが敬語を使うべき立場なんだぞ」

ルナが咎《とが》めるが、シャオリンは慌てて首を横に振った。

「ううん、いいの！　あ、あの、わたし、今までお友だちがいなくて……みなさんが、初めてのお友だちになってくれたら、とっても嬉しいの。だから、敬語とかは使わずに接してほしいの」

「ですが……」

「堅いことは言いっこなしよ、ルナ。他でもないシャオリン様の頼みなんだから！」

「お願いなの……」

ルナはシャオリンに見上げられて、ぎこちなく頷いた。

「分かりました――いや、分かった」

シャオリンは嬉しそうにはにかんだ。

「ありがとうなの！　ええと……」

「ルナだ。よろしく頼む」

レクシアが自慢げに胸を逸《そ》らせた。

「私のルナ、とっても可愛《かわい》いでしょ？　でもこう見えて、実は【首狩り】っていう凄腕《すごうで》暗殺者なのよ！」

「えええええええっ⁉」

突然知らされた事実に、シャオリンが飛び上がって驚く。

「ま、前に聞いたことがあるの……！　どんなに難しい依頼も確実にこなす、伝説の暗殺者だって……！」

「昔の話だ。見ての通り、今はレクシアのお守りをしている」

「お守りじゃなくて護衛でしょ、護衛！」

「さ、最強の暗殺者が、こんなに可愛い女の人で、しかもレクシアさんの護衛……⁉　いったいどういうことなの……⁉」

シャオリンが呆然《ぼうぜん》としていると、ティトがおずおずと手を挙げた。

「あの、すみません、私は敬語の方が慣れているので、このままで……！　でも、お友だちになれて嬉しいです！」

「わたしも嬉しいの、よろしくなの！　えっと……」

「ティトといいます、よろしくお願いします！」

すると、レクシアがまたもや嬉しそうに口を挟む。

「ティトはとっても珍しい白猫の獣人で、そのうえ『爪聖《そうせい》』様の弟子なのよ！」

「⁉　そ、『爪聖』様……って、もしかして『邪《じゃ》』に対抗するために星に選ばれた、世界最強の一人の……？」

「そう！　そのお弟子さん！」

「……！　せ、『聖《せい》』が本当に実在するなんて……おとぎ話かと思ってたの……！　じゃあ、いずれティトさんが世界最強の一角に……⁉」

「えへへ、まだまだ修行中の身ですが」

レクシアが眩《まばゆ》い金髪を払って、自信に溢《あふ》れた笑みを浮かべた。

「ルナとティトはとっても頼りになる、最強で最かわな仲間なのよ。私たち、世界を救う旅の途中なの！」

「せ、世界を救う旅？」

「そうよ。困っている人や国を救うための旅！」

「サハル王国では伝説のキメラを倒し、国家転覆を目論《もくろ》んでいた宰相の野望を砕いたな」

「はい！　ロメール帝国では、こわーい氷霊をやっつけて、国に掛けられていた呪いの吹雪を晴らしました！」

途方もない規模の冒険譚《たん》を聞いて、シャオリンは唖然《あぜん》としている。

「す、すごい、まるで神話かおとぎ話みたいなの……そ、そんなすごい人たちが、それも大事な旅の最中なのに、わたしの家庭教師なんて、なんだか申し訳ないの……」

するとレクシアは当然のように口を開いた。

「あら。これは王族としての勘でもあるし、確信でもあるんだけど、シャオリン様が次期皇帝になったら、リアンシ皇国はもっともっと良くなるわ。そして優れた統治者が正当な地位に就くことは、国の、国同士の、そして世界平和の近道でもあるのよ」

「レクシアさん……」

「それに、言ったでしょ？　私たち、困っている人を助けるために旅に出たんだもの。全力でシャオリン様の力になるわ！　だから大船に乗ったつもりでいてね！」

「あ、ありがとうなの……！　どうぞよろしくお願いしますなの！」

シャオリンは嬉しそうに頬を上気させ、眩い笑みを浮かべるレクシアたちに向かって頭を下げたのだった。

＊＊＊

自己紹介が済んだところで、ルナが腕を組んだ。

「さて、肝心の『試練の儀』が始まるのは九日後か」

シャオリンが俯《うつむ》く。

「三つの試練はとても厳しくて、龍力がなければ乗り越えられないと聞くの。九日後までに、なんとか龍力を使えるようにならないと……」

「龍力って、あの皇子様が使っていた橙色《だいだいいろ》の力のことね？」

「橙色のオーラを自在に操っていましたね。あんな力、初めて見ました」

シャオリンは頷いた。

「龍力は、リアンシ皇国の皇帝家だけに伝わる、特別な力なの。全身に巡る生命力のようなもので、身に纏《まと》って防御したり、攻撃を強化したり、放ったりもできるの」

「魔力や魔法と似てるのね！」

「そうなの。ただ、魔法と違って呪文は必要なくて、生まれ持った性質によって、使い方や特技が変わるの」

「なるほど。呪文がいらないとはいえ、万能というわけでもなさそうだな。ただ、強力な力であることは間違いない」

シャオリンが目を伏せる。

「龍力についてもっと詳しく調べようとしたのだけれど、なぜか龍力について記された書物がほとんどなかったの。やっと見つけた書物にも、『皇帝の血を引く者は、生まれつき龍力を宿している』としか書いてなくて……」

「その力が、なぜかシャオリン様には発現してないってわけね……一体何が原因なのかしら？」

「龍力そのものが謎に包まれているだけに、予測を立てるのが難しいな」

「魔力に似ている力なら、やっぱり魔力回路のようなものがあるんでしょうか？」

ティトが首を傾《かし》げる。

するとレクシアが顔を輝かせた。

「分かったわ！　シャオリン様には龍力がないんじゃなくて、どこかで回路が滞っているのよ！」

「と、滞ってる？」

「ええ！　だとしたら、解決方法はひとつ――マッサージでほぐすわよっ！」

「え、えええええっ⁉　滞っている龍力をマッサージでほぐすなんて……そ、そんなこと、考えたこともなかったの……！」

「ふふふ、こんなに早く真理に辿《たど》り着いちゃうなんて、さすがは私ねっ！　それじゃあさっそく始めましょう！　シャオリン様、ここに寝てちょうだい！」

レクシアは有無を言わさずシャオリンをベッドにうつぶせにした。

シャオリンの肩や背中に手を添えて揉《も》みほぐしていく。

「んっ……ひゃ……⁉」

「どう、シャオリン様？　痛くない？」

「へ、平気だけど……くすぐったいのっ……！」

「うーん、服の上からだとやりづらいわね。シャオリン様、脱いで！」

「⁉　ど、どうしてなの⁉」

「だって、直接触れた方が効果がありそうなんだもの。サハル王国で買ったマッサージオイルもあるし、ちょうどいいわ。ってわけで、脱がせるわね！」

「わひゃあああ⁉」

「お前、今度こそ不敬罪で投獄されるぞ」

レクシアはあっという間にシャオリンの服をはだけさせると、オイルを手で塗り込んでいく。

「れ、レクシアさん、は、恥ずかしい、の……ひぅっ……！」

「このあたりをこうして、優しくほぐせば……」

「んっ、そこは……ひゃっ⁉」

「今度はこうして、脚の付け根に流すように……あら？　シャオリン様の太もも、すべすべしてとっても気持ちいいわね！」

「ひゃぅぅ⁉」

「こっちも優しく揉んで、と……どう？　龍力がぐわーっと湧いてきたんじゃないっ？」

「ぁ、ぅぅ……あんまり分からないの……」

「んー、変ね、うまくいかないわ」

「お前のやり方が悪いんじゃないか？」

ルナが呆《あき》れ顔《がお》で口を挟むと、レクシアは頰を膨らませた。

「そんなことないわよ！　私、こう見えてマッサージ上手なんだから！　ほら、こうして――」

レクシアはルナに抱き付き、服にするりと手を潜り込ませる。

「な、なぜ私に……！　んぅっ、くっ……⁉」

「んー、ルナの肌って本当にすべすべで気持ちいいわね！　やみつきになっちゃう」

「こ、こら、レクシア！　今はシャオリンの龍力を……っふ……！」

「はわわわ！　シャオリンさん、見ちゃだめです！」

「なに⁉　なにが起こってるのー⁉」

ティトに目隠しをされて、シャオリンがうろたえる。

レクシアはルナが耳まで赤くなっているのを見て、はっと顔を上げた。

「待って⁉　龍力が全身を巡る生命力だとしたら、血の巡りが良くなれば活性化するかもしれないわ。つまり……恋のときめきが効くんじゃない⁉」

「こ、恋のときめきが⁉」

「そうよ！　恋は女の子を輝かせる万能薬なんだから、きっと未知の力だって湧いてくるわ！　シャオリン様は恋をしたことはある？」

「う、ううん、ないの」

するとレクシアは目を輝かせて身を乗り出した。

「恋の力はすごいのよ、好きな人のためなら何だってできるんだから！　恋する乙女は最強なの！　それに皇帝に相応《ふさわ》しい一人前の淑女になるためには、恋も知らなくちゃね！」

「そうなの⁉　し、知らなかったの……！」

「というわけで、ルナ！　シャオリンをときめかせて！」

「私がか⁉」

突然のご指名に、ルナが驚く。

「そうよ？　この中ならルナが適任でしょ？」

「根拠がまったく分からないのだが……」

「で、でも、ときめかせるってどうやって……？」

ティトの疑問に、レクシアも首を傾げる。

「んー。私が読んでる恋愛小説では、よく壁にドン！　ってしてるわね」

「壁にドン？」

「そうよ。ほら、この本！」

レクシアはどこからともなく恋愛本を取り出した。

「ほ、本が出てきたの！」

「いつも持ち歩いてるんですか⁉」

「そうよ、乙女のバイブルですもの！」

レクシアはさっそく頁《ページ》を開いて、ルナに押しつける。

「ほらほら、この頁だわ！　まずは女の子を壁に追い詰めて……」

「む……なかなか刺激的だな……」

「それだけじゃないわよ、ほら！　次はこれをこうして、ああして……」

「なっ、こんなことまでするのか⁉」

「ね、素敵でしょっ？」

頰を押さえてうっとりするレクシアに、ルナが冷静にツッコむ。

「……こんな野蛮な方法で、本当にときめくのか……？」

「はあ、ルナってば分かってないわねぇ。いい？　ユウヤ様にされているのを想像してみなさいよ」

「なっ⁉　ゆ、ユウヤに……⁉」

ルナは怯《ひる》みつつも、想像を巡らせ——白磁の頰が一気に薔薇色《ばらいろ》に染まった。

「う、ううっ……⁉」

「ねっ⁉　どきどきして、全身の血がびゅんびゅんぐわーって巡るでしょ⁉」

「ゆ、ユウヤはそもそもそんなことしないだろうっ！」

「分からないわよ？　お願いしたらやってくれるかも！　今度お会いした時におねだりしてみようかしらっ？」

「なっ……！　そ、そんなこと、ユウヤも迷惑だろう！」

賑《にぎ》やかに言い争う二人を見ながら、シャオリンがティトに尋ねる。

「あの、ユウヤさんって誰なの？」

「私も会ったことがないのですが、『蹴聖《しゅうせい》』様のお弟子さんだそうです」

「ええ⁉『蹴聖』様の⁉」

「はい。それだけじゃなくて、すごい武器をたくさん持っていて、魔法も使えて、とっても強くてカッコいい方だとか！」

「そ、そんなすごい人がいるの⁉」

驚くシャオリンに、ティトは声を潜めて耳打ちした。

「それで、レクシアさんとルナさんは、ユウヤさんを巡る恋のライバルなんです。レクシアさんはユウヤさんに求婚されたことがあって、ルナさんはユウヤさんのほっぺに、あの、その……き、き、キスをしたそうで……っ！」

「ええっ⁉す、すごいの、二人とも大人なの……！」

恋愛経験のないティトとシャオリンは、尊敬を込めた目でレクシアとルナを見る。

「とにかく、この本の通りに再現してみてよ！　じゃないと、私が一番に、ユウヤ様に壁ドンしてもらっちゃうんだからねっ！」

「くっ、相変わらずめちゃくちゃな奴《やつ》だな……！」

ルナは覚悟の決まった目でシャオリンを振り返った。

「こうしていても埒《らち》が明かない……！　いくぞ、シャオリン！」

「えっ、ルナさん⁉」

つかつかと歩み寄ってくるルナの勢いに押されて、シャオリンが後ずさる。

その背中が壁につくと同時、ルナはシャオリンの顔の横に手を突いた。

「ひゃあああああ⁉　るるるルナさんっ……⁉　ち、近いの……！」

ルナはさらに、赤くなるシャオリンの顎に指を掛けて持ち上げる。

そして反対の手を、シャオリンの太ももにそっと這《は》わせた。

「ふぁぁっ⁉　る、ルナさ、そんな、ひゃぅっ⁉　だ、だめっ、だめなの～……！　ひゃわあああ……！」

「ええと、本では確かこんな台詞《せりふ》も言っていたな……耳元に唇を寄せて、と……ど、『どうか私のものになってくれないか、可愛《かわい》い姫君』……？」

「きゃ……きゃあああああああああああああ⁉」

「さすがはルナだわ、いい感じよ！　どう、シャオリン様⁉　龍力湧いてきた⁉」

しかしシャオリンは煙でも出そうなほど真っ赤になり、目をぐるぐるさせていた。

「る、るるるるルナさんのお肌、とっても綺麗《きれい》なの……！　髪もさらさらでまつげが長くてててて声も涼しげで可愛らしくてっ、お、お人形みたいに整ったお顔が、こんなに近くにっ……ふぁ、ふぁあああああ……！」

「あわわわ、ダメそうです……！」

真っ赤になってティトに支えられているシャオリンを見て、レクシアが首を傾《かし》げる。

「ちょっと刺激が強すぎたかしら？」

シャオリンが冷静さを取り戻すまでに、しばしの時間を要したのだった。

＊＊＊

他にも瞑想《めいそう》や精神統一、魔力を鍛えるための方法なども試してみるが、シャオリンの龍力が発現することはなかった。

「うまくいきませんね……」

「やっぱり、私には龍力が受け継がれていないのかもしれないの……」

シャオリンが肩を落とす。

しかしレクシアは真剣な目で呟《つぶや》いた。

「諦めるのはまだ早いわ。視点を変えてみましょう」

「視点を変える？」

「何か策があるのか？」

「ええ。力を正しく習得するためには、まずその力を知らなければならないわ」

レクシアは頷《うなず》くなり、力強く告げる。

「というわけで——龍力の謎を探りに、街へ繰り出すわよ！」

「街にですか⁉」

「どうしてなの⁉」

驚くティトとシャオリンに、レクシアは物知り顔で指を振った。

「うまくいかない時には、思い切って気分転換をすることも必要よ。外に出てみたら、思いも寄らない解決策が見つかるかもしれないでしょ？」

「などと言って、お前が観光したいだけだろう」

「当たり前じゃない！」

「開き直るな」

額を押さえるルナに、レクシアは腰に手を当てて胸を反らした。

「もちろん、それだけじゃないわよ。王宮内の書庫には手がかりがなかったんでしょ？

それならいっそ皇都に出て、街の人の話を聞くっていうのもひとつの方法よ。案外、なにげない噂話《うわさばなし》や民間の伝承に真実が隠されていることだってあるんだから」

レクシアはシャオリンに視線を移すと、片目を瞑《つぶ》った。

「それに、魔法もそうだけど、こういうのって使う人の精神状態に大きく関わってくるんですからね。何より家庭教師として、元気を出させないと失格だもの！」

「！」

「まあ、一理あるな」

「元気は大事です！」

ルナが同意し、ティトも頷く。

確かに、今のシャオリンは自信をなくし、立派な皇帝になるという夢を持ちながらも後ろ向きになってしまっていた。

ティトはかつて心の弱さが原因で暴走し、レクシア自身も、過去の出来事から魔法と距離を置いていたことがある。

幾度となく死闘を乗り越えてきた三人は、精神が力に影響を及ぼすことを、身をもって知っているのであった。

レクシアは嬉《うれ》しそうに手を叩《たた》いた。

「じゃあ、決まりね！　シャオリン様は、お忍びで街に出たことはある？」

「う、ううん。公的な視察でしか訪れたことはないの」

「まあ、そうなの？　お忍びの街遊びは、王族のたしなみよ！」

「ええっ⁉　し、知らなかったの！　勉強になるの……！」

「シャオリン、真に受けなくていいぞ。レクシアが特殊なだけだからな」

ルナの呟きは聞かなかったことにして、レクシアは意気揚々と女官服を翻《ひるがえ》した。

「お忍びで一番大切なのは、バレないこと！　まずは変装しなくちゃね！」

＊＊＊

「これがリアンシ皇国の伝統的な衣装なのね！」

艶《あで》やかな服を見下ろして、レクシアが歓声を上げる。

四人が身に着けているのは、東方に伝わる女性用の伝統衣装だった。

独特の形をした、身体《からだ》にフィットするワンピースで、華やかな刺繍《ししゅう》があしらわれ、太ももの横に大胆にスリットが入っている。

「元々は騎馬用の服だったのだけど、長い時を経て、リアンシ皇国を代表する装《よそお》いになったの。観光客にもとっても人気なんだけど、私も着るのは初めてなの」

「ふむ。防御力が低いのが気になるが、思ったよりも動きやすくて機能的だな」

「なんだか大人っぽくてどきどきします……！」

「ふふ、みんなとっても可愛いわ！」

長い金髪をお団子にしたレクシアは、ご機嫌でくるりと回る。

「シャオリンは念のため、顔を隠した方が良さそうだな」

「あ、それならいいものがあるの」

シャオリンは部屋の隅から傘を持ってきた。

「日傘ね！　でも、私たちが知っている傘と少し違うわ？」

「竹の骨に紙を張っているのか。軽くて実用的だな」

「それに、色もきれいで可愛いです！」

さらに傘から飾り布を垂らせば、顔が隠れてお忍びにはうってつけになった。

こうして四人は、すっかり観光を楽しむ少女たちという体《てい》になった。

レクシアが意気揚々と、皇都の方角へ指を向ける。

「さあ、皇都に繰り出すわよ！」

＊＊＊

四人は王宮を抜け出して、街へ飛び出した。

試練の儀を控えた今、警備も厳重になっていたのだが、ティトの気配察知能力とルナの糸に掛かれば、兵士の目をかいくぐることなど朝飯前であった。

雑踏を歩きながら、シャオリンがおそるおそる王宮を振り返る。

「こ、こんなに簡単に王宮を抜け出せるなんて、すごいの……！」

「ふふ、そうでしょ？　私、王城を抜け出して遊び歩くの、得意なのよ！」

「自慢することではないだろう」

大きな通りに出たところで、レクシアが目を輝かせる。

「わあ、すごく栄えてるのね！」

皇都の中心街はたくさんの人で賑わっていた。

様々な店がひしめく通りを旅人や観光客が行き交い、呼び込みの声が賑《にぎ》やかに交錯する。

さらにそこかしこに飾られている橙色《だいだいいろ》の提灯《ちょうちん》や旗が、華やかな雰囲気に拍車を掛けていた。

茶器やお守りなどが並んでいる店を覗《のぞ》いて、レクシアがはしゃぐ。

「すごいわ、初めて見る物ばっかり！　来た時は反乱分子として連行されていたから、よく見られなかったのよね」

「反乱分子⁉　いったい何があったの⁉」

「そ、それがいろいろありまして……」

「他国で反乱分子として捕らえられた王族など、他にいないだろうな。下手をしたら国家間の問題に発展していたぞ」

「レクシアさんたち、巻き込まれる事件の規模が違いすぎるの……！」

そんな会話を交わしながら歩いていると、道行く人々が驚きながら四人を見つめた。

「うわっ、あの子たち、かわい……えっ、可愛すぎない⁉」

「あそこだけ輝いて見えるわ……⁉」

「ちょ、ちょっと声掛けてこようかな……！」

「やめとけ、釣り合うわけないだろ！」

周囲のざわめきなど露知らず、レクシアたちは通りを散策する。

シャオリンは目を丸くして、賑やかな街を見回した。

「公務や視察で見た時と、全然違うの……とっても賑やかで、みんな楽しそうなの」

「そっか、これはシャオリンさんがお忍びだからこそ見られる光景なんですね！」

「皇族が来るとなると、街の人々も身構えてしまうしな」

「視察もいいけど、たまにはこうして身分を隠して、国や人々の本当の姿を見ることも大切よね！」

その時、ティトがくんくんと鼻を鳴らした。

「なんだかいいにおいがします。こっちの方から……」

「見て、あの白くてまんまるい食べ物！」

レクシアが指さした先、見慣れない食べ物を売っている店があった。

「わあ、なんでしょう、初めて見ました……！」

「あれは包子なの。いろいろな具を皮で包んで、ふかふかに蒸したものなの」

「なにそれ、絶対おいしいじゃない！　食べてみましょう！」

「王族が気軽に買い食いをするな！」

ツッコむルナに構わず、レクシアは一目散に店に駆け寄った。

店の夫婦が目を見開く。

「いらっしゃ……うわあ！　お嬢ちゃんたち、どえらいべっぴんさんだねぇ！」

「観光中かい？　うちの包子は絶品だよ、食べていきな！」

「ふふ、ありがとう！　いろんな種類があるのね。おすすめを四つくださいな！」

　それぞれ違う味を買い求め、いっせいに頬張る。

「んー！　おいしいーっ！　ふっかふかだわっ！」

「具の味付けが濃くて、生地とよく合うな」

「ふぁ、はふ、はふ、こっちの具は甘いです！」

「い、いつも王宮で――じゃなくて、おうちで食べてるはずなのに、なんだかすっごくおいしいの……！」

「ははは、そんなに喜んでもらえると、作った甲斐《かい》があるよ。そら、おまけにもうひとつあげよう」

「あ、ありがとうなの……！」

　レクシアがルナの手元を見てきらきらと目を輝かせる。

「これもおいしいけど、ルナのもとってもおいしそうね！」

「はあ、食べたいならそう言えばいいだろう。ほら」

「あーん、はむっ！　んーっ！　具がぎっしりで、すっごくジューシーだわ！」

「こんなにおいしいと、全種類食べてみたくなっちゃいますね！」

「うん、おうちの包子よりも種類が多いの、すごいの！」

　嬉しそうなシャオリンを見て、ルナは包子を食べていた手を止めた。

「シャオリンも食べてみるか？」

「う、うん！」

シャオリンは目を輝かせて頷《うなず》いたが、差し出された包子を見て、一気に赤くなった。

「はっ！　こ、これって……間接キス……っ⁉」

「ん？　どうした？」

ルナが首を傾《かし》げる。

ときめきの波動を浴びたシャオリンの目には、そんなルナの整った顔が、より一層きらきらと眩《まばゆ》く映っているのだった。

「なっ、なななんでもないのっ！　いただ、いたたたただきますなのーっ！」

シャオリンは真っ赤な顔で、一口食べた。

「どうだ？」

「！　お、おいしいの……！　それに……ど、どうしよう、ルナさんと間接キスしちゃったの……～っ！」

熱い頬を押さえて小声で悶《もだ》えるシャオリンの口元を、ティトが優しく拭った。

「シャオリンさん、口についてますよ」

「ふあっ⁉　あっ、ありがとうなのっ」

「ふふ。ティト、お姉ちゃんみたいね」

「えへへ。自分より小さい子たちと暮らしていたせいか、なんだかシャオリンさんが妹みたいに思えてしまって」

可憐《かれん》な少女たちが店先でおいしそうに包子を食べる姿は、人々の目を引いた。

「わあ、あのおねえちゃんたちが食べてるの、おいしそう～」

「あんな可愛《かわい》い子たちが夢中で食べてるんだ、絶対うまいに決まってるぜ！」

「あの子たちが食べてるのと同じ物をちょうだい！」

たくさんの客が押し寄せ、店はたちまち大繁盛《だいはんじょう》になった。

客が一段落したところで、店の夫婦が汗を拭きながら笑う。

「いやあ、お嬢ちゃんたちのおかげで、商売繁盛だよ！」

「とってもおいしかったわ！　リアンシ皇国は、食べ物はおいしいし皇都もこんなに栄えていて、素敵な国なのね！」

「ああ、なんたって千年も栄えてきたんだからねぇ。これも皇帝陛下が持つ龍力の加護のおかげだよ！」

「皇帝陛下の龍力がある限り、どんな魔物が襲ってきたってこの国は安泰さ！　見所もいっぱいあるから、ゆっくり楽しんでいっておくれ！」

店の夫婦は誇らしげに胸を張った。

四人は店主夫婦に手を振って、観光を再開した。

「やっぱり、この国の人たちにとっても、龍力は特別な力なのね」

「ああ。主に魔物に対する抑止力……やはり、外敵を排除する力としての側面が強いようだな」

他にも気になった物を食べ歩きしつつ、大きな通りや、狭い路地を散策する。どこも混雑しているのだが、レクシアたちのオーラに気付いた人々が、見とれて立ち止まったり自然と道を譲るので、四人は知らず知らずの内にすんなり観光を楽しむことができた。

「あら？　あの茶葉、紅茶とは少し違うみたいね。それに、いろんな種類があるわ！　ユウヤ様のお土産に買っていこうかしら？」

「それなら、このお茶がおすすめなの。香りが良くて健康にもいいって、他国のお客様にも人気があるの。他にも、胃痛に効くお茶なんかもあるの」

「それはぜひ勧めたい知り合いがいるな。……ん？　この扇子、龍の刺繍《ししゅう》が入っているのか。見事だな」

「かっこいいわね！　お父様のお土産にいいかもしれないわ！」

「わぁ、あそこに並んでる壺《つぼ》、お酒なんですね！　なんだか独特なにおいがします……！」


観光を楽しんでいた一行は、ひときわ賑やかな一角に差し掛かった。

周囲には絢爛《けんらん》たる旗が飾られ、人々が上を見上げている。

その視線を追って空を仰ぐと、屋根に張られた綱の上で、少女が綱渡りをしていた。

「あんなところに女の子がいます！」

「わあ、大道芸なの！」

少女は綱の上で逆立ちをしたり、皿回しを披露する。

「すごいわ、とっても器用ね！」

「見事なバランス感覚だな」

その時、強い風が吹き、装飾された旗が飛ばされて舞い上がった。

飛ばされた旗が少女の視界を塞ぎ、少女が足を滑らせる。

「あっ！」

「あ、危ないっ！」

「きゃあああああっ！」

観客が悲鳴を上げる中、ルナが動いた。

「『避役《ひえき》』！」

上空へ向けて糸を放ち、跳躍する。

落ちてくる少女を片腕でふわりと抱き留めると、屋根の上に着地した。

さらに糸で皿回しの道具を回収し、少女に手渡しながら微笑《ほほえ》む。

「怪我《けが》はないか?」

「あ、ありがとうございます……!」

「ルナさん、かっこいいの……!」

「さすが、私のルナね!」

ふわりと地上に降りたルナに、周囲の人々が賞賛の視線を送る。

「おい、あの子、飛んだ……よな⁉」

「あの身のこなし、一体何者なんだ……⁉」

「あのおねえちゃん、王子様みたい!　かっこいい!」

「あら、目立っちゃったわね。早く行きましょう!」

ざわめく人混みを早足で抜けながら、レクシアは頭上に飾られている橙色《だいだいいろ》の提灯《ちょうちん》や旗を見上げた。

「それにしても、皇都には橙色の飾りがたくさんあるのね!」

「とってもきれいで華やかですね!」

「あれは橙華色《とうかいろ》といって、皇帝家の象徴で、神聖な色とされているの」

「橙華色？　……そういえば、他の皇子たちもみなこの色の髪をしていたな」

「そうなの。皇帝家は代々、龍力も髪色も、鮮やかな橙華色をしているの。でもわたしは北方の血が入っているから、赤髪が混じっていて……」

シャオリンが赤の混じった髪をつまむのを見て、ティトが思い出す。

「そういえば、シュレイマン様やユーリ様も赤髪でしたね」

レクシアも頷いた。

「前に、リアンシ皇国の皇帝家は、滅多に他国の血を入れないと聞いたことがあるわ。ユーリ様がロメール帝国からリアンシ皇国に嫁がれたのは、とても珍しいことなのね」

「そうなの。リアンシ皇国の皇帝は、皇帝家の血を――龍力を薄めないように、国内の貴族と婚姻を結ぶのが慣例なの。でもお父様が昔、ロメール帝国の建国祭に招かれた時にお母様を見初めて、周囲の反対を押し切って結婚を申し入れたんだって」

「なにそれ、一目惚《ひとめぼ》れっていうこと!?　素敵！　シャオリンのお父様、やるわね！」

レクシアが俄然《がぜん》目を輝かせる。

しかしシャオリンは俯《うつむ》いた。

「……でもお父様は、わたしのことを好きじゃないのかもしれないの……兄様たちには普通に接するのに、わたしと会うと眉を顰《ひそ》めて、目を逸《そ》らすの……。それに、わたしが龍力を使えないのも、兄様方の言う通り、わたしが混血だから――異国の血が入った混ざりモノだから、龍力が発現しないのかも……」

レクシアは悲しそうに目を伏せるシャオリンを見つめていたが、口を開いた。

「私ね、お母様がハイエルフで、奴隷だったの」

「え？」

驚くシャオリンに、柔らかく笑いかける。

「小さい頃は、薄汚い血が混じってるって、嫌がらせを受けたこともあるわ。でも、今はこうして、大好きな仲間やたくさんの人に支えられて、元気に楽しく過ごしてるわ！」

「護衛としては、もう少しお淑《しと》やかにしていてほしいがな」

そう言いつつも、ルナは優しく笑っている。

レクシアも白い歯を零《こぼ》した。

「きっとみんな、今はまだシャオリン様の魅力に気付いてないだけよ。悔しいこともあるけれど、胸を張って前向きに生きていれば、いつかきっと認めてくれるわ。いいえ、認めさせてやりましょう！　シャオリン様ががんばり屋さんですごい子だってこと、国中に見せつけてやらなきゃ！」

「レクシアさん……」

「それにシャオリン様の髪、とっても綺麗《きれい》で、私、大好きよ！」

「ああ。橙華色一色よりも、特別という感じがするな」

「はいっ！　それに龍力だって、絶対に使えるようになります、大丈夫です！」

温かい言葉に包まれて、シャオリンは花が咲くように笑った。

「ありがとうなの」

＊＊＊

一行は街歩きを楽しむ内に、皇都の中央にある広場に着いていた。

広場の外縁に沿って、土産物の露店が軒を連ね、大勢の人で賑《にぎ》わっている。

店主が大声で呼び込みするのを見ながら、ルナが感心したように呟《つぶや》く。

「なんというか、さっきの通りよりも一層活力を感じるな」

「わあ、あの陶器の器、可愛いの……花鼬鼠《いたち》たちの水入れにいいかもしれないの」

「このお守り、かっこいいです……！　師匠やみんなのお土産にしようかな！」

「あの焼き菓子、おみくじが入ってるんですって！　買ってみましょうよ！」

レクシアがおみくじの屋台に駆け寄る。

集まった客たちに向かって、おみくじの屋台の店主が声を張った。

「さあさあ、おみくじだよ！　結果によって、豪華な景品をあげるよ！　今日の特別賞はすごいぞ！　ロメール帝国の天才発明家が開発した最新式の魔導具——強力な水圧でどんな強大な魔物でも吹き飛ばす、その名も『流轟砲《りゅうごうほう》』だ！」

客たちがどよめき、シャオリンも目を見開く。

「す、すごいの！　ロメール帝国に天才発明家がいるっていう噂《うわさ》は聞いたことがあるの！それがおみくじの景品になってるなんて……！」

しかしルナたちは、台に並んだ景品を見て眉を顰めた。

「妙だな。ノエルの魔導具は、まだロメール帝国外には流通していないはずだが」

「ええ。それになにより、名前がかっこよすぎるわ！　間違いなく偽物《にせもの》よ！」

「ノエルさんは、もっと独特のセンスをしていますもんね……！」

「ええっ⁉　レクシアさんたち、天才発明家と知り合いなの⁉」

「あの店主、お客さんを騙《だま》して儲《もう》けるつもりね！　許せないわ！」

レクシアは憤然と宣言した。

「騙されないで、みんな！　あの魔導具は偽物よ！」

客たちがざわめき、店主が忌々《いまいま》しげに口を歪《ゆが》める。

「偽物だと？　言い掛かりも甚だしいな」

「私たち、その発明家のことはよく知ってるの。そんな半端《はんぱ》な物が、彼女の作品なわけないわ！」

「ははは！　ロメール帝国の天才発明家と知り合いだと？　証拠もないくせに難癖つけやがって。商売の邪魔だ、さっさと帰りな！」

店主がレクシアを小突こうと手を伸ばす。

「レクシア、さがっていろ」

「きゃっ」

ルナがとっさにレクシアをさがらせ、その拍子にレクシアの懐《ふところ》から本が落ちた。

「あーっ！　私の恋愛小説《バイブル》がー！」

「まだ持ち歩いてたのか⁉」

「一体どこに仕舞ってたんですか⁉」

「あ、あれ？　本の間から、何か出てきたの」

シャオリンの言うとおり、本の間に手のひら大の札が挟まっていた。

「あっ、これは……！」

レクシアは、美しい装飾が施されたその札を高々と掲げた。

「見なさい、この札が目に入らないの⁉」

「ああ？　なんだその札は？」

「私たちは、なんやかんやあって、ロメール帝国のシュレイマン様から絶大な信頼を置かれているわ！　これこそがその証拠――ロメール帝国のシュレイマン帝王お墨付きの、特別通行証よっ！」

「な、なにぃぃぃぃいっ⁉」

「レクシアさん、そんなすごいもの持ってたの⁉」

「まさかなくしたと思っていた通行証が、ここで役立つとはな……」

周囲の客たちも度肝を抜かれている。

「と、特別通行証だって⁉　それも君主が直々に発行したものなんて、かなり上層の貴族でさえ手に入れるのは難しいと聞くぞ……⁉」

「あの子たち、ロメール帝国の帝王様と面識があるの⁉　なら、天才発明家と知り合いというのも納得がいくわ……！」

「しかし、一体何者なんだ……⁉」

レクシアは店主に指を突きつけた。

「シュレイマン様と知り合いの私たちが証言するわ。その魔導具は偽物よ。お客さんを騙して儲けようなんて、許さないんだから！」

「うぐっ……！　う、うう……」

観念してうなだれる店主に、レクシアが首を傾《かし》げる。

「っていうか、そもそもこの景品って何なの？」

「……俺が作ったんだが、全然人気が出なくて……注目されたくて、つい、嘘《うそ》を……」

レクシアは「ふうん？」と言いながら、銃の形をした景品を手に取った。

引き金を引くと、ぴゅーと水が飛び出す。

「なにこれ⁉　普通におもしろいおもちゃじゃない！」

すると、それを見た子どもたちが駆け寄ってきた。

「わぁ、お水が出てくる！　おもしろーい！」

「この筒、覗《のぞ》き込むときれいな模様が見えるよ！　すごいねー！」

「え、え……？」

「どうやら今まで、アピールする相手を間違えていたようだな」

あっという間に子どもたちに囲まれて戸惑っている店主に、ルナが肩を竦《すく》める。

「今度からは魔導具だなんて偽らずに、子ども向けのおもちゃとして景品にして、正々堂々商売することね！」

「は、はい……！　ありがとうございます……！」

それを見ていた客たちから拍手が沸き起こった。

「いやあ、危うく騙されるところだったよ！」

「ありがとう、お嬢ちゃんたち！」

「レクシアさん、すごいの！　魔導具を偽物と見破っただけじゃなくて、お店の人の悩みまで解決しちゃうなんて！」

「ふふふ、私にかかればこんなものよ！」

レクシアたちは客や店主たちに手を振って、広場の散策を再開した。

多様な土産物に夢中になっていると、広場の一角から、ジャアアアンッ！　と豪快な音が鳴り響いた。

「な、なに⁉」

振り向くと、派手な衣装の男が金属製の円盤を打ち鳴らしている。

「さあさあ、寄ってらっしゃい見てらっしゃい！　今日の演目は、ファラン様の焔虎《えんこ》退治だよーっ！」

広場の一角に舞台が組まれており、子どもたちが集まっていた。

「演劇かしら？」

「演舞なの！　舞踊と軽業を組み合わせたお芝居で、私も小さい頃からよく観《み》ていたの！」

目を輝かせて駆け出すシャオリンに続いて、レクシアたちも舞台に駆け寄った。

音楽がかき鳴らされ、舞台に虎の被《かぶ》り物が登場する。

「わあ、焔虎だー！」

赤く巨大な虎を見て、子どもたちが一斉に悲鳴を上げた。

「焔虎とは？」

「千年前、この地で暴れていた恐ろしい虎のことなの。地獄の業火《ごうか》であらゆる物を焼き尽くして、人々を苦しめたんだって」

「ヴオオオオオ！」

焔虎は恐ろしい声で吼《ほ》え猛《たけ》りながら、舞台上で暴れ回る。

「うう、すごい迫力です……！」

ティトが竦み上がり、子どもたちも悲鳴を上げる。

その時、舞台上に長身の女性が登場した。

真紅のヴェールを被り、両手に湾曲した刀を携えている。

「ん？　彼女は……」

「あれがファラン様なの！」

「リアンシ皇国を築いたっていう、初代皇帝様ね！」

「役者さんが被っている赤いヴェール、とってもきれいですね！」

ファラン役の女性は双剣を手に、恐ろしい虎へ果敢に立ち向かう。

役者と虎が音楽に合わせて演舞を繰り広げると、子どもたちが歓声を上げた。

「わあ、ファラン様かっこいいー！」

「焔虎なんかやっつけちゃえー！」

見事な剣さばきに、ティトとルナも思わず魅入る。

「わあ、二本の剣を自在に操ってます！」

「なかなか洗練された身のこなしだな」

剣には鈴が付いているらしく、役者が舞う度にちりんちりんと澄んだ音が響く。

やがてファランが、双剣に橙華色《とうかいろ》の布を巻き付けた。

「あの布は？」

「あれは龍力に見立てているの！　ファラン様は、剣に龍力を纏《まと》わせて戦ったと伝えられているの！」

そして、

「ハァッ！」

ファランが剣を振り下ろすと同時に、龍力に見立てたその布を放つ。

橙華色の布が、まるで龍のように虎を呑《の》み込む。

「グギャアアアアア！」

虎は断末魔を上げつつも、最期《さいご》の力を振り絞ってファランに噛《か》み付こうと口を開いた。

ファランが真紅のヴェールをなびかせながら、鮮やかに剣を払う。

チリンッ――ズバアアアアアアアッ！

「ガ、アア、ア、ア……！」

涼やかな鈴の音が響き、止《とど》めを刺された焔虎がどうっと倒れた。

狂言回しの男が、ジャアアアアン！　と銅鑼《どら》を打ち鳴らす。

「こうしてファラン様は見事に焔虎を討ち取り、リアンシ皇国を築いたのでした！」

「すごい迫力だったわ！」

「ああ。思わず釘付《くぎづ》けになってしまったな」

レクシアたちと同じく拍手しながら、シャオリンが頬を上気させる。

「初代皇帝のファラン様は、強大な龍力を使って焔虎を倒し、この国を築いたと言われているの。以来、ファラン様の力——龍力は、皇帝家に脈々と受け継がれているの。わたしも小さい頃から絵本や演舞を何度も見ていて……ファラン様は、私の憧れなの」

「シャオリン様は、ファラン様のことを心から尊敬しているのね」

レクシアが微笑《ほほえ》むと、シャオリンは恥ずかしそうにはにかんだ。

「うん。強さももちろんだけど、ファラン様は国を豊かにして、たくさんの人々を幸せにしたの。わたしも、そんな皇帝になりたいの」

「だからあんなに一生懸命お勉強をしているんですね！」

「あんな強大な獣を倒し、国を築くとは……シャオリンが憧れるのも納得だな」

子どもたちは興奮冷めやらず、歓声を上げている。

「わあ、すごいや！」

「ファラン様、つよーい！　かっこいい！」

「で、でも、ファラン様はもうずっと昔に死んじゃったんでしょ……？」

不安そうな少女に、狂言回しの男は眉を下げる。

「そうだね。ファラン様はその後たくさんの人に惜しまれながら、短い生涯を閉じたんだ」

「そうだったのね……偉大な初代皇帝が、夭折《ようせつ》されていたなんて……」

レクシアが胸を痛め、シャオリンも悲しそうに俯《うつむ》く。

「うん。膨大な龍力を持ち、無双の強さを誇ったというファラン様が、なぜ若くして亡《な》くなられたのか、未《いま》だに謎のままなの……」

「それじゃあ、もし、また焰虎みたいなやつが襲ってきたらどうするの……？」

少女が問うと、狂言回しの男が片目を瞑《つぶ》った。

「大丈夫！　その時は、紅の髪の乙女が助けてくれるさ！」

「そっかぁ！」

ほっとする子どもたちを見て、レクシアが首を傾げた。

「紅の髪の乙女って？」

「リアンシ皇国に古くから伝わる伝承なの。『再びこの地に危機が訪れた時、紅の髪の乙女が生まれ、永久の平和をもたらすだろう』って」

「そんな伝説があるんだな」

シャオリンが赤髪混じりの髪に触れながら俯く。

「……お母様に聞いたのだけれど、わたし、本当は生まれた時は赤髪だったんだって」

「えっ？　それって……」

「シャオリンさんが、伝承の乙女ってことですか⁉」

しかし、シャオリンは首を横に振った。

「わたしが赤髪で生まれた時は、『この子こそが伝承の乙女だ！』と喜ぶ声もあった一方で、『ロメール帝国の血筋を引いているから赤毛になっただけだ』という人もいたそうなの。それでも、わたしを伝承にある赤髪の乙女だと期待する人たちは多かったのだけれど……ある日突然、わたしの髪色が薄くなって、今の橙華色に変わったみたいなの。一筋残った赤髪は、その名残らしいの……」

「突然髪の色が薄まった？　そんなことがあるのか」

「むむむ……？」

驚くルナの隣で、真剣な顔で考え込んでいたレクシアが、はっと顔を上げた。

「分かったわ！　きっと髪色が薄まったのは、何かの陰謀なのよ！　本当はシャオリン様こそが救国の乙女なんだわ！」

「何かの陰謀とはなんだ」

「それはなんかこう、きっといろいろあったのよ！」

「いくらなんでも雑すぎるだろう」

シャオリンが笑う。

「真相は分からないの。兄様たちは、混血のお前なんかが伝承の乙女なわけがない、まして皇帝になんかなれるわけないって言うけれど……」

シャオリンは、店の人々の笑顔や、楽しそうな観光客、はしゃぐ子どもたちを見渡した。

「今までは、そんな言葉に負けそうになってたの。でも、レクシアさんたちのおかげで、改めて思ったの。やっぱりわたし、この国や、この国の人たちを守りたい。きっと強くなって、たくさん勉強して、いい皇帝になる。この国にいるみんなが安心して暮らせるように、力を尽くしたいの」

「……シャオリン様、いい顔になったわね」

「え？」

レクシアが微笑む通り、王宮にいた時に比べて、シャオリンの表情は華やぎ、強い光が宿っていた。

レクシアは満足そうに腕を組む。

「良い為政者は、常に国のことを想《おも》い、人々に寄り添うものよ。その気持ちがあれば、龍力だってきっと応えてくれるわ！」

「レクシアさん……もしかしてわたしにこの気持ちを思い出させるために、街に……？」

「ええ！　狙い通りね、さすがは私だわ！」

「単に観光を満喫していただけだろう」

「いつの間にかお土産がたくさん増えてますね」

レクシアは眩《まばゆ》く笑うと、腰に手を当てて胸を反らした。

「大丈夫よ、シャオリン様なら、きっと立派な皇帝になれるわ！　絶対に試練の儀で勝ち抜いて、お兄様たちを見返してやりましょう！」

「ああ。だがそのためには、まずは龍力を会得《えとく》しなければな」

「王宮に戻ったら、もっといろいろ試してみましょう！」

「うん……！」

レクシアが肩をそびやかす。

「それに皇帝になるのなら、上に立つ者として相応《ふさわ》しい、品のある振る舞いも身に付けなきゃね！　礼儀作法なら私に任せて！」

「どの口が言ってるんだ……？」

その後も、四人はめいっぱい観光を楽しんだのだった。

第三章　家庭教師

次の日から、四人はシャオリンの龍力を覚醒させるため、様々な方法を試した。

しかし、シャオリンの龍力は発現することがないまま数日が過ぎた。

「はあ、はあ……」

疲労困憊《ひろうこんぱい》のシャオリンを休ませながら、ルナが腕を組む。

「試練の儀まで、あと三日か」

「こんなにいろいろな方法を試してるのに、龍力が発現しないなんて……もしかして、わたしには元々龍力が宿ってないの……?」

落ち込むシャオリンに、レクシアが明るい声を出す。

「大丈夫よ、私、シャオリン様は途方もない力を秘《ひ》めてるって信じてるもの。私の勘は当たるのよ。それに、いざとなったら皇子様たちを捕まえて、龍力の秘訣《ひけつ》を聞き出しちゃえばいいんだわ！」

「お前、本当に不敬罪で捕まるぞ」

「レクシアさん、大胆すぎます……！」

レクシアの一言に、暗くなりかけていた空気が一気に晴れ、シャオリンも笑みを零《こぼ》す。

「龍力については、引き続きいろいろな方法を試すとして……試練の儀は過酷だと聞く。当然、他の皇位継承者からの妨害もあるだろう。私たちが同行するとはいえ、シャオリン自身も何かしら戦う術《すべ》を身に付けておいた方が良さそうだな」

「そうね。龍力はまだ使えないにしても、いろいろな力を習得するのはいいことだわ！」

「その内に、龍力が使えるようになるかもしれませんしね！」

「た、戦う術、なの……？」

戸惑うシャオリンを安心させるように、レクシアがその肩に手を置く。

「大丈夫よ。ルナとティトは、びっくりするくらい強いんだから！　二人に任せれば、すぐに世界最強になれるわ！」

「せ、世界最強になれるかは分かりませんが、シャオリンさんの家庭教師として、精一杯がんばります……！」

ティトが拳を握り、ルナがシャオリンに目を向ける。

「シャオリンは、初代皇帝のファラン様に憧れているんだろう？　なら、曲芸団でファラン様役の役者が扱っていた武器——双剣などいいかもしれないな」

「双剣……！」

シャオリンは一瞬顔を輝かせたが、すぐに不安そうに眉を下げた。

「で、でもわたし、剣なんて持ったこともないの……」

するとルナが涼しげな笑みを佩《は》く。

「大丈夫だ。私とティトに掛かれば、すぐにどんな精鋭にも劣らない強さが身に付くさ」

「はいっ、任せてください！」

「よ、よろしくお願いしますなの……！」

こうして、シャオリンの修行が幕を開けたのだった。

＊＊＊

王宮の裏には切り立った山が聳《そび》えており、一行は王宮を抜け出して、山に移動した。

シャオリンが手にした双剣を見て、レクシアが目を輝かせる。

「その剣、かっこいいわね！」

「こっそり倉庫から引っ張り出したの。でも演舞用だからちゃんと斬れるかどうか……」

幅広の刀身は大きく湾曲し、赤い柄《つか》には美しい装飾が施されていた。柄頭《つかがしら》には華やかな房と、小さな鈴が付いている。

刃を検分して、ルナが頷《うなず》いた。

「十分だ。まずは小手調べといこう。試しにこの木を切ってみろ」

「う、うん」

シャオリンは緊張した表情で、若木の前に立った。

手首ほどの太さの幹に向かって剣を振るう。

「えいっ！」

しかし、剣は幹に食い込んで止まってしまった。

「うう、全然斬れる気がしないの……」

「手本を見せよう」

ルナが双剣のうち一本を借りて、木の前に立つ。

静かに剣を構え——

「ハッ！」

スパッ！

鋭い呼気と同時に、木が見事に両断される。

「す、すごい……！　速すぎて見えなかったの……！」

「武器の善《よ》し悪《あ》しは関係ない。大切なのは切れ味だ。そして切れ味とは、すなわち速さだ。斬ると決めたその一瞬で、腕を素早く振るう。コツを摑《つか》めば、どんなものでも斬れるぞ。試しにそこの石を投げてみろ」

「えっ⁉　わ、分かったの」

シャオリンは足元にあった拳大の石を拾うと、おそるおそるルナに投げた。

ルナは細く息を吐きながら、素早く剣を振り上げ——


キィンッ！


剣が閃《ひらめ》き、綺麗《きれい》に分かれた石が地面に落ちる。

「す、すごい……！」

「ルナって、糸だけじゃなくて剣も扱えたのね！」

「まあ、裏の世界で生き抜くために、短剣と体術は師匠に叩《たた》き込まれたからな」

肩を竦《すく》めるルナに、シャオリンはきらきらと尊敬の目を向けた。

「ルナ先生、かっこいいの……！　もっとたくさん教えてほしいの……！」

「んんっ」

赤くなって咳払《せきばら》いするルナを、レクシアがつつく。

「ルナ、もしかして照れてる？」

「照れてない……こら、つつくな」

ルナはシャオリンに剣を返しながら、コツを伝授した。

「漫然と剣を振るうのではなく、斬る瞬間に意識を集中するんだ。やってみろ」

「うん！」

シャオリンはルナの指導を受けながら、何度も剣を振るう。

そして──

「はッ！」

若木の幹が、見事に斬り飛ばされた。

「で、できたの……！」

「うん、筋がいいな。次は腕だけではなく、踏み込みを使って剣を加速させるんだ。そうすれば膂力《りょりょく》がなくとも、たいていのものは斬れる」

「はいっ！」

修行を繰り返しながら、徐々に的を大きくしていく。

剣の柄についた鈴が鳴る度に、シャオリンの太刀筋は鋭くなり、やがて胴ほどの太さのある丸太をなんなく斬れるようになっていた。

ひたむきに剣を振り続けるシャオリンを、レクシアとティトが感嘆の目で見守る。

「シャオリンって、すごく真面目で粘り強いのね」

「はい、どんどん上手《うま》くなっていきます！」

ルナも満足そうに頷いた。

「筋がいいな。大きな敵を相手にする時は、身体《からだ》の向きを意識するとなおいいぞ。こうして……」

ルナがシャオリンの手に手を重ね、反対の手をシャオリンの肩に添えた。

「ひゃっ⁉」

「しっかり柄を握って、的を正面から捉えるんだ」

しかしシャオリンは心臓を高鳴らせ、顔を真っ赤にしている。

「ど、どどどどうしよう、ルナさん、ち、近いの……！　手が、手が……～～～っ！」

「……ん？　どうした、急に呼吸が乱れたぞ。心を落ち着かせて、冷静さを保つんだ」

不思議に思ったルナが、至近距離でシャオリンを覗《のぞ》き込む。

するとシャオリンはますます真っ赤になった。

「きゃあ～～～～っ⁉　る、ルナさんのお顔がこんなに近くにっ⁉　どどどうしよう、綺麗なの可愛《かわい》いのかっこいいの、とってもいいにおいがするの～～～～っ！」

「た、大変です、どんどん冷静さが失われていきますっ！」

「ルナ、逆効果だわ！」

「な、なぜだ⁉」

ようやくシャオリンが冷静さを取り戻し、修行は次の段階に移る。

「よし。次は、どんな状況でも最大限の力を発揮できるように練習するぞ──『蜘蛛《くも》』！」

森の中に糸を張り巡らせると、木で造った的を手にして、糸の上にひらりと飛び乗る。

「この糸をかいくぐりながら、私が持っている的に攻撃を当ててみせろ。どんな方法を使っても良《い》いぞ」

そう言うなり、目にも見えない速度で森の中を移動する。

「む、無理なのー！」

シャオリンが絶叫すると、ルナは不思議そうに足を止めた。

「ん？　こんな的、今のシャオリンなら容易《たやす》いはずだぞ」

「ううっ、や、やるしかないの……⁉」

シャオリンは、森中に仕掛けられた糸をなんとか避けながら必死にルナを追う。

「はぁっ、はぁっ……！」

「そうだ、戦場は入り組んでいるからな。常に周囲に注意を払いながら効率よく動くんだ」

「わ、分かったの……っ！」

時折糸に引っ掛かりつつも的を追う内に、徐々に速度が上がってきた。

「ルナさん、速い……！　でも段々、糸のある場所が分かるようになってきたのっ……今なら——えいっ！」

接近して剣を振るうも、ルナはさらりと避《よ》ける。

「いいぞ、さらに手数を増やして、どんどん仕掛けるんだ」

「はいっ……！」

森の中、極限の追いかけっこが繰り広げられる。

太陽が天中にかかる頃、シャオリンが足を止めた。

「はぁ、はぁ、はぁっ……！」

「どうした、一度休憩するか？」

ルナが枝の上からシャオリンを見下ろした、その時。

「はっ！」

シャオリンは右手の剣をルナ目がけて投げ上げた。

鋭く回転しながら迫った剣を、ルナは難なく避ける。

「おっと」

「やぁっ！」

さらに放たれた二本目の剣を、余裕で払い落とす。

「ふふ、剣を投げるとは、なかなか大胆な作戦だったな。だが得物《えもの》を失って、この先どう戦うつもりだ——」

ルナが言いかけた時、赤い木の実がその肩にこつんと当たった。

「！」

ルナが見上げると同時、一本目の剣によって切断された枝と一緒に、木の実が雨のように降ってくる。

バサァァアアッ！

「なっ……!?」

ルナはとっさに的を掲げて、落ちてくる枝と木の実を防いだ。

熟れた木の実がいくつか、的の上で弾《はじ》けてこびりつく。

「！　そうか、私に攻撃を仕掛けるふりをして、枝を狙ったのか……」

「はぁっ、はぁっ……えっと……今のは、反則……？」

シャオリンが剣を投げた体勢のまま、不安そうに尋ねる。

するとルナはふっと笑った。

「……合格だ」

「！」

「確かに私は『剣を当てろ』ではなく、『攻撃を当てろ』と言った。利用できるものは何でも使うのが、戦闘の秘訣《ひけつ》だ。よくがんばったな」

「ふぁぁ……やったの……」

体力の限界だったのか、シャオリンが息を吐きながらへたり込む。

ルナはひらりと着地すると、その頭を撫《な》でた。

「正直、ここまでやるとは思わなかったぞ。よくがんばったな」

「きゃ、きゃあああっ……⁉」

シャオリンが声なき声を上げてうなじまで赤くなる。

駆けつけたレクシアが大きな包みを掲げた。

「シャオリン様、お疲れ様！　ルナが出した課題に合格しちゃうなんて、すごいわ！　さあ、お待ちかねのお昼ご飯にしましょう！　ユーリ様がお弁当を作ってくださったの。休むときは休んで、ちゃんと食べないとね！」

「待ちかねていたのはお前だろう」

「お茶もたくさんありますよ！　水分補給は大事です！」

「ふぁぁ、お腹《なか》が減って、喉もからからなの……」

四人はお昼ご飯を食べるべく、場所を移動するのだった。

＊＊＊

見晴らしの良《い》い場所に布を敷いて、豪華なお昼を囲む。

「この炒《いた》め物、おいしいわ！　初めて食べる味ね」

「味付けが濃いから、冷めてもうまいな。それに、食材も豪華だ」

「シャオリンさんのお母様、ご自分でお料理されるんですね！　すごいです……！」

「そうなの。わたし、お母様の作ってくださるごはんが大好きなの」

賑《にぎ》やかに会話しながら、おいしい料理に舌鼓《したつづみ》を打つ。

シャオリンの体力が回復したのを見て、今度はティトが立ち上がった。

「さあ、次は私の番ですね！」

「よろしくお願いしますなの！」

一行は、さらに山奥へと場所を移動する。

「いいですか、シャオリンさん。戦いで大切なのは、相手の弱点や隙を見極めることです。相手の呼吸や目線、筋肉の動き、構造……。神経を研ぎ澄ませると、相手の綻びが見えます。そこを一気に突くんです。力がなくても、隙と弱点さえ突けば勝てます！」

「分かったの！　……でも、どうして滝なの？」

張り出した岩の上、シャオリンは目の前でどうどうと音を立てている水の壁を見上げた。

天を突く断崖から、大量の水が流れ落ちては遥《はる》か下の滝壺《たきつぼ》に吸い込まれていく。

「相手の隙を突く練習です！　上流からいろいろな物が流れてきますから、どんどん斬ってください！」

「分かったの！」

シャオリンは張り切って双剣を構えた。

「この修行で、必ず強くなってみせるの……！　えーいっ！」

シャオリンは滝に向かって勢いよく剣を振りかぶり——

「あっ、もっと下がってください！　水しぶきがかかっちゃいます！」

「えっ⁉　で、でも……」

「風邪を引いたら大変ですからね！」

ティトがいそいそとシャオリンを下がらせる。

「よし、ここなら濡《ぬ》れませんね。でも時々、大きな枝とかが飛んでくるので気を付けてください！」

「う、うん、分かったの！　――はあああっ！」

シャオリンが改めて剣を構えた時、滝から小枝が飛んできた。

「ひゃ！」

「シャオリンさん、危ないです！　【烈爪《れっそう》】！」

ティトは真空波を放ち、小枝をズバアアアアアアアッ！　と斬り飛ばした。

「あんな小さな枝にそんなすごい技を!?」

「うーん、やっぱり危ないので、私がやりますね！」

「なんでなの!?」

「えっ？　だって、シャオリンさんが怪我《けが》をしたら大変ですから！」

「わたしの修行なのに!?」

滝の前に立とうとするティトを、シャオリンは慌てて引き留めた。

「あ、あの、ティトさん！　心配してくれるのはすごく嬉《うれ》しいのだけれど、修行だから、もっと厳しくしてくれていいの……！」

ティトが「はっ！」と我に返る。

「あわわわわ、す、すみません！　シャオリンさんのことを妹みたいに思ってしまって、つい……！」

「ふふっ、ありがとうなの。でもわたし、強くなるためにがんばるから、見守ってくれたら嬉しいの！」

「は、はいっ……！」

シャオリンは双剣を手に、滝の前に立った。

落ちてくる小枝や葉っぱに向けて剣を振るう。

「えいっ！　はっ！」

しかし、剣は虚空《こくう》を斬るばかりでかすりもしない。

「む、難しいの……！」

「うう、お手伝いしたいです……！　でもシャオリンさんのためだから……！」

ティトは今にも飛び出しそうな自分をなんとか押さえると、シャオリンに声を掛けた。

「シャオリンさん、斬る対象をよく見て、集中するんです！　シャオリンさんは気配を察知する力がとっても優れているので、すぐにできるようになります！」

背後で見守っているレクシアとルナも頷《うなず》く。

「そういえばシャオリン様、初めてお会いした日は、私たちが声を掛けるよりも早く姿を隠してたわね！」

「ああ。勘や危機察知能力が優れているのだろうな」

「が、がんばるの……！」

シャオリンは意識を集中させると、双剣を続けざまに振り抜いた。

「はっ！」

スパパッ！

落ちてきた小枝が華麗に両断される。

「やった！　小枝なら斬れたの！」

「わあ、すごいです！　上手にタイミングを合わせせられてました！」

「でも、葉っぱはひらひらして難しいの……」

「大丈夫です！　目標をしっかり捉えて、ルナさんの教えを忘れずに、鋭く剣を振るうんです！」

「！　うん！」

訓練を繰り返す内に、シャオリンはどんな物にも素早く対処できるようになってきた。

「はぁ、はぁっ……。不思議……だんだん、次に的が流れてくる瞬間が、見る前に分かるようになってきたの」

汗を拭うシャオリンに、ティトが興奮しながら駆け寄る。

「すごい、すごいです！　シャオリンさんの五感が、わずかな音や気配の変化を拾っているんだと思います！　とってもいい調子です、偉いですーっ！」

わしゃわしゃと撫でられて、シャオリンがくすぐったそうに首を竦《すく》める。

「きゃっ!?　あ、あの、ティトさん……っ」

「今身に付けた技術とルナさんの教えを合わせれば、もう斬れないものはありません！　それに、シャオリンさんは一人じゃありません、私たちがいます。頼っていいんです。だから何があっても、安心して戦ってください！」

「！」

シャオリンは嬉しそうにはにかんだ。

「わたし、ずっと一人で修行やお勉強をしてて……兄様や姉様には、馬鹿にされるばっかりで……こんなに優しくしてもらったの、初めてなの。ティトさんが見守っていてくれたから、がんばれたの。優しいお姉ちゃんができたみたいで、嬉しいの！」

「シャオリンさん……！」

ティトが感極まったように涙ぐみ――

「ゴアアアアアアッ！」

バシャアアアアアアアン！

滝の上から、何かの咆哮《ほうこう》と、激しい水音が響いてきた。

「な、何!?」

四人が見上げると同時、針のような鱗《うろこ》を生やした巨大な魚が、滝から躍り出た。

「ゴアアアアアッ！」

「ひ……!?」

「【猛針魚】……!?」

ルナが緊迫した声で叫ぶ。

猛針魚は川に住む水棲《すいせい》の魔物で、獲物を水に引きずり込んで全身の針で切り刻む。凶暴なことで有名な【デビル・ベアー】さえ捕食することがある、恐ろしい魚だ。

「ゴアアアアアッ！」

猛針魚が宙を泳ぐようにしながら、一行に襲いかかる。

「ゴアァァァァァッ！」

「シャオリンさん、退《さ》がっていてください！」

しかしシャオリンは、ぐっと柄《つか》を握った。

「わたしはもう、一人じゃない……――！　ティトさん、あいつはわたしが倒すの！」

「！」

ティトははっと目を見開くと、力強く頷いた。

「はいっ！　相手をしっかり捉えるんです！　シャオリンさんならできますっ！」

「うん……！」

シャオリンは歯を食い縛ると、剣の柄を握りしめた。

全身の神経を研ぎ澄ませ――

「そこなの！」

チリン――ズバァァアアァッ！

鈴の音が、一瞬の静寂を切り裂く。

交差するように繰り出された剣が、巨大魚の額を切り裂いていた。

「ゴアアアアッ⁉」

巨大魚は断末魔の悲鳴を残し、光の粒子と化して消えて行った。

「はあっ、はあっ……や、やったの……わたしが、あんな大きな魔物を、倒した……！」

「シャオリンさん、すごいです！」

へたり込むシャオリンを、ティトが勢いよく抱き締めた。

「きゃっ⁉」

「よくがんばりました！　逃げずに立ち向かって、とってもかっこよかったです～っ！」

レクシアとルナも駆けつける。

「シャオリン様、あんな大きな魔物を倒しちゃうなんてすごいわ！　それに修行中も一生懸命で、立派だったわ！」

「今日一日で、ずいぶん成長したな」

「ルナさんとティトさんのおかげなの……！　みんながいてくれると想《おも》ったら、力が湧いてきたの！」

ルナが笑いながらシャオリンに手を貸し、立ち上がらせる。

「剣術をものにするには、あともう少しといったところだな。だが、今日の修行はここまでにしよう。続きは明日だ」

「身体《からだ》を休めることも大切ですからね！」

「良かった……もうへとへとなの」

気が抜けた声を零《こぼ》すシャオリン。

しかし、レクシアが張り切って指を立てた。

「ただし、戦闘の修行は、ね！」

「えっ？」

「皇帝に求められるのは、強さだけじゃないわよ。礼儀作法や教養、気品、自国の文化への造詣《ぞうけい》の深さなんかも必要になるんだから。皇帝になった時に困らないように、今から身に付けないとね！　私もシャオリン様の家庭教師だもの、王宮に戻ったら、特別授業の始まりよ！」

「は、はい！　よろしくお願いします、なのっ！」

「特別授業ってどんな内容なんでしょう、すごく気になります……！」

「一番心配なんだが……」

そんな会話を交わしつつ、四人は山を下りるのだった。

＊＊＊

王宮に戻った一行は、シャオリンの部屋の前に立っていた。

「皇帝になるなら、どこに出ても恥ずかしくないように、まずは優雅な所作を身に付けなきゃね！　というわけで、立ち振る舞いの授業を始めるわよ！」

「は、はいっ！　よろしくお願いしますなの、レクシア先生！」

「ふふ、先生ですって！　いま私、すっごく家庭教師っぽいわ！」

「いいから始めろ」

レクシアが意気揚々と廊下の端に立つ。

「まずはお手本を見せるわね！　優雅な所作には姿勢が大切よ。歩く時は背筋を伸ばして堂々と、かつおしとやかにね。あとは根性よ！」

「ま、まさかの根性論です……！」

「それ以前に、お前のおしとやかな姿など見たことがないんだが、大丈夫なのか……？」

「何よ、私だってアルセリア王国を代表する淑女なんですからね！　完璧なお手本を見せるんだから！　こうして頭を高く保ったまま、美しく踏み出して――」

レクシアは自信たっぷりにしゃなりと歩き出す。

その途端に、服の裾を踏んで躓《つまず》いた。

「きゃっ！」

宙を泳いだ手が、いかにも高級そうな壺《つぼ》を落とす。

　ガシャアアアン！

「きゃ――――――!?」

「レクシア――――！」

「れ、レクシアさ――――ん!?」

　壺が盛大に割れ、シャオリンが慌ててレクシアに駆け寄った。

「だだだ、大丈夫なの!?　ケガはないの!?」

「ええ、躓いただけよ！　でも、壺を壊しちゃってごめんなさい。弁償するわ……」

「いいの、レクシアさんが無事で良かったの」

　シャオリンがほっと胸をなで下ろした時、ティトが猫耳を動かした。

「待ってください、何かいます！」

「キシャアアアッ！」

　割れた壺の中から、橙華色《とうかいろ》の小さな蛇が現れた。

　シャオリンがはっと顔を引き攣《つ》らせる。

「なっ!?　この蛇は……!?」

「シャアアア！」

蛇は素早く庭に下り、軒下に逃げ込んだ。

「ど、どうして壺の中に蛇が……それに、あの色って……」

「……今のは、マオ兄様が造り出した使い魔なの」

シャオリンの呟《つぶや》きに、レクシアが目を瞠《みは》る。

「えっ！　マオ皇子って、第三皇位後継者の？」

「うん。マオ兄様の龍力は特殊で、使い魔を造り出して、遠隔で操ることができるの」

それを聞いて、ルナが腕を組みつつ呟いた。

「なるほどな。おそらく、壺の中に使い魔を潜ませて、シャオリンの動向を見張っていたのだろう」

「全部筒抜けになっちゃうところでしたね、危なかったです……！」

「レクシアさん、もしかして使い魔の存在に気付いてたのっ？」

シャオリンの尊敬のまなざしを受けて、レクシアが力強く頷《うなず》く。

「そうよ、やっぱり私が睨《にら》んだ通りだったわね！」

「いや、明らかに偶然だろう」

「やっぱり、これも作戦の内だったのね！　すごいの、レクシア先生……！」

ルナの呟きは届かず、シャオリンはすっかり目を輝かせる。

「ふふ。それほどでもあるわ！　さあ、これで終わりじゃないわよ。今日は夜までみっちり、皇帝としてのたしなみを教えてあげるわ！」

＊＊＊

夕食を挟んで、一行は次なる授業に取りかかっていた。

「さあ、次の特別授業を始めるわよ！　君主になるなら、自国の文化への造詣も深くなくちゃね。というわけで、次のテーマはお香よ！」

「お香？」

首を傾《かし》げるルナに、レクシアが頷く。

「ええ。リアンシ皇国ではお香の調香も貴族のたしなみだって聞いたわ？」

「レクシアさん、物知りなの……そうなの。リアンシ皇国の皇帝家には、年に一度、『香合わせ』っていう行事があって、それぞれお香を調香して、香りの良さや効果を競うの」

「リアンシ皇国独自の文化だな」

「とっても風流ですね」

「でも、わたしのお香は出来が悪くて……なぜか教本通りに作ってもうまくいかないの

「……」

落ち込むシャオリンを励ますように、レクシアはその背中に手を添えた。

「シャオリン様が最高の調香技術を身に付けられるよう、全力でお手伝いするわ！　その国独自の文化は、君主にとって欠かせない教養のひとつですもの！」

「うん！　よろしくお願いしますなの！」

シャオリンは金色の小箱を持ってきた。

蓋を開くと、小さな陶器の器が並んでおり、色とりどりの粉が入っている。

「これがお香なの」

「わぁ、すごくいい香りですっ！」

「固形のものを焚《た》くのかと思ったが、粉なんだな」

「固形のお香もあるけど、これは数種類の粉を合わせて練り上げてから、型で抜くの。この粉は特別で、調香によって、魔力を回復したり魔物を遠ざけたり、いろんな効果が得られるの」

「すごいわ、そんな特別なお香があるのね！」

「とても希少な素材を使っていて、器ひとつ分の粉で豪邸が買えると言われているの」

「ええ!?」

小箱を覗《のぞ》き込んでいたティトが飛び上がる。

シャオリンが小箱から陶器の器を出して並べる隣で、レクシアがティトを見た。

「ティトなら鼻がいいし、すごく良《い》いお香が作れるんじゃない？」

「い、いいえ！　こんな高級なお香、怖くて触れないです……！　あと、いろんな香りがして、くらくらします……！」

「嗅覚が鋭すぎて、かえって難しいのか」

レクシアは、特別なお香に興味津々《きょうみしんしん》のようだった。

「いろんな効果を出せるなら、もしかしたら龍力を活性化するお香ができるかもしれないわ！　試しに調香してみましょう！」

「だが、そんな貴重な粉を無闇に使っていいのか？」

「うん、好きに使ってほしいの。むしろ、いろいろ調香してみて、いいお香の作り方があったら、ぜひ伝授してほしいの」

「それじゃあ、誰もがびっくりするような最高のお香を作るわよ！」

レクシアはさっそく粉の入った器を手に取ると、鼻に近付けた。

「超高級品だぞ、扱いに気を付けろよ」

「分かってるわよ――は、は、はっくひゅん！」

ぱふぅ。

レクシアがくしゃみをして、粉が飛び散る。

「レクシア――――！」

「あわわわわ、豪邸が飛び散っちゃいました……！」

ルナとティトが慌てて粉を掻《か》き集める。

しかしレクシアは、くすんくすんと鼻を鳴らしながら首を傾げた。

「んー。これ、安物じゃない？」

「えっ⁉　そ、そんなはずは……」

「これとこれ、これも粗悪品ね」

驚くシャオリンをよそに、レクシアは香りを確かめてはひょいひょいとよけていく。

ティトも、レクシアがよけたお香におそるおそる鼻を寄せて、目を見開いた。

「あっ、本当です。いい香りの中に、ほんの少しだけ雑味が混じっています。レクシアさん、よく気付きましたね」

「んー。自分でもよく分からないけど、王族の勘っていうやつかしら？」

「そんな……一流の粉だけ集めたはずなのに、こんなに粗悪品が紛れ込んでたなんて、一体どうして……」

「もしかすると、シャオリンの調香を妨害するために、他の皇子が粗悪品を紛れ込ませたのかもしれないな」

残った器を見て、シャオリンがうろたえる。

「どうしよう、粉の種類が半分に減っちゃったの……」

「大丈夫よ。これだけあれば、最高のお香が作れるわ！」

レクシアは明るく言うと、残ったお香を手際《てぎわ》よく選び始めた。

「んーと、これとこれ、あとはこれを少しと……あっ、この香りも欲しいわね」

「す、すごい、全然迷わずに選んでいきます……！」

そしてあっという間に調香して練り、型で抜く。

「はい、完成よ！」

「は、早いの……！」

「お前、ノリでやってないか？」

「何よ、ちゃんと極上のお香ができたわよ」

香りを確認するため、早速香炉に移して火を付ける。

その途端、細い紫煙と共に、馥郁《ふくいく》たる香りが立ち上った。

「な、なんていい香り……！　すごく華やかでお上品なの……！」

「それに、疲れが取れて、身体《からだ》が軽くなりました！」

「ん……なるほど、心が落ち着くな。これはすごい効果だ」

「ふふふ、どう？　私にかかればこんなものよ！」

その時、侍女たちがお茶を持ってやってきた。

「シャオリン様、お茶のおかわりをお持ちしました」

部屋に入った途端に、侍女たちが驚く。

「こ、この香りは……!?　こんなにかぐわしく、気品ある香りはかいだことがございません……！」

「ずっと悩まされていた頭痛が治ったわ！　それに、お肌がツヤツヤに……！」

「この調香、リアンシ皇国が始まって以来、最高の値がつくのでは……!?」

ご機嫌になったレクシアは、続けて数種類のお香を完成させるが、そのどれもが最高級の香りとんでもない効果を発揮した。

「れ、レクシアさん、本当に調香は初めてなの？　すごい才能なの……！」

「お前、ちゃんと王族だったんだな……」

「どういう意味よ!?」

シャオリンが目を輝かせながら身を乗り出す。

「レクシアさん、すごいの！　ぜひ調香のコツを教えてほしいの！」

「んー、そうね。香りで捉えようとすると難しいから、他のものに喩《たと》えるのよ」

「他のもの？」

「そう、大切なのは勢いとフィーリングよ！　そしたら直感に従って、ぱぱぱっ、ちょいちょい、しゃららら～んってやったらできるわ！」

「えっと……よく分からないの……」

首を傾げるシャオリンに、レクシアは並べた粉を次々に指さす。

「たとえば、これはチュンチュンピヨピヨって感じの香りだから、こっちのキラキラ～ってしたお香と合うと思うわ！」

「どういうことなの⁉」

ますます混乱するシャオリンの横で、ティトが首を傾げる。

「えっと……『これは小鳥みたいに軽やかな香りだから、木漏れ日のような爽やかな香りと合う』……ということでしょうか？」

「そうそう、そういうことよ！」

「ティトさん、なんで分かるの⁉」

「それで、こっちはズシーン、ドーン！　っていう雰囲気だから、このしとしと～っとした粉と混ぜるとぴったりね！」

「『こっちは岩のような重厚な香りなので、苔《こけ》みたいに深みのある落ち着いた香りと合わせると良い』……って言ってる気がします」

「あっ、このお香はゴオオオオ！　ってしてるから、ちょこちょこサササ～って使うといいんじゃないかしら？」

「『このお香は真っ赤な炎のように強い香りなので、さりげなくスパイス程度に使うのがいい』、ということですね！」

「そう、そういうことが言いたかったのよ！　さすがね、ティト！」

「ティトさん、すごいの……！」

「まったくもって意味不明なのに、なんで翻訳できるんだ……？」

レクシア独特の論理に、ルナが感心したように腕を組んだ。

「しかし……なるほど、嗅覚のみに頼らず、香りからイメージを拡大するというわけか。

……戦闘にも通じそうだな」

ティトもはっと猫耳を立てる。

「確かに、戦っている時は目に見えるもの以外にも感覚を広げて、ちょっとした音や気配、風のにおいなんかで、全体の状況を把握しますもんね」

「そうなの？」

驚くシャオリンに、ティトが頷《うなず》く。

「はい。えっと……よく直感とか勘とか、あとは第六感とか言いますけど……あれは突き詰めれば、五感が何らかの異変を感じ取っているっていうことなんだと思います」

「そうだな。目や耳、鼻……ひとつの感覚に頼らず、あらゆる情報を総合的に捉えて、全体をイメージするんだ。そうすれば、いち早く戦況の変化に気付いて、対応することができる。……しかし、香りを他のもので喩えるとは、レクシアらしいやり方だな」

「ふふ、それほどでもあるわ！」

レクシアが自慢げにする中、シャオリンはじっと考え込んでいた。

「ひとつの感覚に頼らず、総合的に……」

その後も、レクシアによる調香講座は続き、ついに最高のお香のレシピが完成した。

「これでいつ皇帝になっても、自信を持ってお香の文化を紹介できるわね！」

「ありがとうなの、レクシアさん！」

その日四人は、レクシア一押しのお香を焚《た》きながらぐっすりと眠ったのだった。

＊＊＊

そして、試練の儀の前日。

一行は山の中に居た。

「さて、今日は修行の総復習——最終試験だな」

深い森の入り口で、ルナが木々の奥に見える滝を示す。

「滝の上では、ティトが待機している。開始と同時に百数えるから、それまでに滝に到達して、流れ落ちてくる最後の課題を斬るんだ。ただし、森には糸や様々な仕掛けを施してある。しっかり見極めるんだぞ」

「分かったの……！」

「がんばって、シャオリン様！」

シャオリンは双剣を構えると、森の奥を見据えた。

今までレクシアたちに教わったことを思い出しながら、五感を研ぎ澄ませる。

「見るんじゃなくて、感じる……感覚を広げて、戦況全体を思い描く……」

すべての感覚を総動員して、音や光、風の流れやにおい、温度などを感じ取る。

そして、レクシアたちに習ったことがすべて繋《つな》がった瞬間、それまで見えなかったはずの糸が浮かび上がった。

「……！　いける……！」

「それでは——始めっ！」

ルナの合図と同時に、シャオリンは森へ突入した。

木の枝をかいくぐり、森中に張られた糸を軽やかに飛び越えながら疾駆する。

ふとその耳が、微かな音を拾った。

「——！」

シャオリンが跳び退《しさ》った瞬間、目の前をヒュッ！　と影が横切った。

それは糸に括《くく》られた丸太だった。

それを皮切りに、様々な罠《わな》がシャオリンに襲いかかる。

「はっ！　やぁッ！」

襲い来る丸太を双剣で捌《さば》きながら、森を駆け抜ける。

落とし穴を飛び越え、飛んでくる短剣を躱《かわ》し、ついに滝に到達した。

息つく暇もなく、ティトが滝の上から捕らえていた魔物を放つ。

「ううっ、心配ですが、これもシャオリンさんのため……！　シャオリンさん、構えてください！」

ドオオオオオッ！

「ゴガアアアアアアッ！」

滝上から姿を現したのは、以前シャオリンが斬った巨大魚の、さらに数倍大きな魔物であった。

赤い体表に無数の針を備え、家さえもひと呑《の》みにできそうなほどに巨大な口には、おびただしい数の牙が並んでいる。

ルナに抱えられて追いついたレクシアが目を見開く。

「なにあの魔物、大きすぎない⁉」

「【猛針魚】の上位種、【血戦針魚】だな。ひどく獰猛《どうもう》で、猛針魚を束ねて群れで他の魔物や人間を襲う。手練《てだ》れの冒険者でも、こいつに出くわしたらまず助からないぞ」

「しかも手下を殺されたせいか、すっごく凶暴になってるわ⁉　シャオリン様、大丈夫なの……⁉」

「ゴギャアアアアアアッ！」

血戦針魚が怒りの叫びを上げながらシャオリンに迫る。

しかしシャオリンは恐れ気なく跳躍した。

巨大魚の額目がけて、鋭く双剣を振り抜く。

「やあッ！」

——キィンッ！

「ギギャ、ギャ……！」

一瞬の静寂の後、鮮やかな剣閃《けんせん》が、強大な魔物を三枚に下ろしていた。

血戦針魚が断末魔を残し、金の粒子と化して溶け去る。

「はぁ、はぁっ……や、やったの……っ！」

「わああっ、すごいですシャオリンさん！　怪我《けが》がなくて良かったたっ……おめでとうございます！」

シャオリンが感動しながら立ち尽くしていると、飛び降りてきたティトがシャオリンを抱き締め、レクシアたちも歓声を上げた。

「あんな凶悪な魔物を倒しちゃうなんて、すごいわ、シャオリン様！」

「見事な剣捌きだった。これならどんな強敵相手にもひけを取らないだろう」

「最終試験は合格ですね！」

「わ、わたしにこんなことができるなんて……！　みんなのおかげなの！」

シャオリンが目を潤ませながら感謝を述べると、レクシアは軽やかに笑った。

「あら、シャオリン様が厳しい修行に耐えてがんばった結果だわ！　たった数日でこんなに強くなるなんて、本当にすごいわ！」

「とはいえ、本番は明日からだ。どんな試練が来てもいいように、最終調整をするぞ」

「はいっ！　よろしくお願いしますなの！」

「国中に鏤《ちりば》められた、三つの試練……！　どんな内容なのか、どきどきしますね！」

レクシアたちが歓喜する。

そんな中、シャオリンの胸に微《かす》かな不安が過《よぎ》った。

「(レクシアさんたちのおかげで、皇帝になるという夢を再確認できたし、強くなれた……でも、結局龍力は使えなかったの……このままで、本当に試練を乗り越えられるの……？)」

こうして四人は、試練の儀に向けて最終調整に入るのだった。

第四章　試練の儀

そして、試練の儀の開催当日。

四人は屋外に設置された、巨大な式典会場に立っていた。

青空の下に橙華色《とうかいろ》の旗が翻《ひるがえ》り、客席では大勢の国民たちが興奮にざわめきながら開会の時を待っている。

「さすがは国を挙げての一大行事だ、思った以上の人出だな」

「いよいよですね……！」

「一体どんな試練が待ち受けてるのかしら！」

「うう、緊張するの……！」

観客たちは、期待と不安の入り交じった目で会場を見守っている。

「次期皇帝は誰になるのかしら？」

「シャオリン様にがんばってほしいが……やはり龍力がなければ難しいか……」

「試練を巡る旅は過酷だと聞くしのぅ……残念じゃが、とにかく無事に帰られることを祈るばかりじゃ」

幼いながらに聡明《そうめい》なシャオリンは国民からの人気も高かったが、龍力を使えないために、やはり皇位に就くのは難しいと考えられていた。

その声を聞いたレクシアが不敵に笑う。

「シャオリン様が勝ち抜いて皇帝になったら、みんなびっくりするわ！　楽しみね！」

波のようにさざめく客席の中、厳重に警備されている一角があった。

豪奢《ごうしゃ》な服や装飾を身に着けた人々が座っているのを見て、ルナが呟《つぶや》く。

「門番が言っていた通り、他国からの貴賓も多く参列しているようだな」

「千年皇国の次期皇帝が決まる、大事な行事ですもんね！」

「そうなの。この行事は、他国の政治や国際関係にも大きな意味を持つから、いろいろな国から注目されているの」

そんな中、レクシアが貴賓席の一部に目を留めた。

「あら？　あれは……」

＊＊＊

世界中の国王や貴族が居並ぶ貴賓席。

豪奢な椅子に腰掛けながら、アルセリア王国の国王——レクシアの父アーノルドは、重々しく呟いた。

「試練の儀か……。他国の文化に口を出す気はないが、もしレクシアを危険な試練へ送り出すことになったらと思うと、心臓が凍り付くな。……しかしレクシアは手紙も寄越さず、今頃どこで何をしているのやら……」

額を押さえ、苦悩の呻《うめ》きを絞り出す。

レクシアが『世界を救う旅に出るわ!』と、護衛のルナを伴って城を飛び出したのは、しばらく前のこと。それ以来、レクシアからの頼りはなく、レクシアを愛して止《や》まないアーノルドはもどかしく悩ましい日々を過ごしていたのだった。

その時、隣に控えている護衛のオーウェンが、会場に立つ四つの影に目を懲らした。

「ん？——へ、陛下、あれをご覧ください！」

アーノルドはオーウェンの示す先を見て、目を剝《む》いた。

「レクシア——————!?」

愛娘《まなむすめ》の姿を発見し、思わず我を忘れて叫ぶ。

「な、なななななぜレクシアが、リアンシ皇国の試練の儀にっ⁉」

「へ、陛下、お声を小さく！　お気持ちは分かりますが、他国の目がございます！」

今にも飛び出しそうなアーノルドを、オーウェンが必死に押しとどめる。

そんな二人の姿に気付いたレクシアが、ルナたちを連れて駆け寄ってきた。

「お父様、それにオーウェン！　久しぶりね！」

「久しぶりねではありません！」

「レクシア、なぜこんな所にいる⁉」

「あら、お父様が許可をくださったんだから知ってるでしょ？　世界を救うためよ！」

思わず食ってかかる二人に、レクシアはけろりと言い放つ。

「いや、それはそうなのだが、一体何がどうなってここに……⁉　というか、手紙を送れと言っただろう！　レガル国のライラ王女から、サハル王国の国家転覆事件を解決したという報は受けていたが、それ以来何の音沙汰もなく、我がどれほど心配したか……！」

「あら、変ね。シュレイマン様が手紙を送ったはずだけど」

「なっ⁉　シュレイマン様とは、ロメール帝国のシュレイマン帝王のことか⁉」

「ええ。私たち、ロメール帝国で『呪王《じゅおう》の氷霊《ひょうれい》』を倒して、呪いの吹雪を晴らしたのよ」

「初耳だが⁉」

「サハル王国だけではなく、ロメール帝国の危機まで救っていたのですか⁉」

「もしかすると、連絡が行き違ったのかもしれないな」

ルナが冷静に呟き、アーノルドが呆然《ほうぜん》と呻く。

「い、いつの間にそんな途方もない偉業を……まさか本当に、世界を救う規模の大冒険を繰り広げているとは……。……だが――ひとまず、怪我などはないようで何よりだ」

微かに肩の力を抜くアーノルドを見て、ティトがルナにささやく。

「あ、あの、もしかしてこの方は……」

「ああ。レクシアの父親だ」

「や、やっぱり、アルセリア王国の国王様⁉」

思わず叫ぶティトに、アーノルドが怪訝《けげん》そうな目を向ける。

「ん？　この獣人の少女は……」

「ティトよ、砂漠で出会って仲間になったの。『爪聖《そうせい》』様のお弟子さんなのよ！」

「は、はじめましてっ、ティトと申します！　レクシアさんには、とってもお世話になってます！」

「ふむ、こちらこそ我が娘が世話に――待て、『爪聖』の弟子だと⁉」

「こ、この少女が、爪術を極めた世界最強の一角、『爪聖』の弟子……⁉」

目を剝くアーノルドとオーウェンに、レクシアが胸を張る。

「そうよ、とっても強くて可愛《かわい》いの！」

「そ、そういえば、ライラ王女がそんなことを言っていたが、まさか本当に仲間にしているとは……！」

「しかもこんなに幼い少女が……⁉」

呆気《あっけ》に取られていたオーウェンが、咳払《せきばら》いして口を挟む。

「と、ともかく、もう気は済んだでしょう。一度アルセリア王国へお戻りください！」

「いやよ！　私たち、絶対に試練の儀を勝ち抜いて、シャオリン様を皇帝にしてみせるって約束したんだもの！」

「ま、まさか試練の儀に参加するのか⁉」

「ええ。シャオリン様と一緒にね」

レクシアが笑って振り返り、シャオリンが緊張しながら進み出る。

「お、お初にお目にかかります、アーノルド陛下。リアンシ皇国の第四皇位継承者、シャオリンです」

「私たち、シャオリン様の家庭教師になったの！」

「なっ⁉　次期皇帝候補の家庭教師に……⁉」

「ええ。だから当然、試練の儀にもついていくわ！」

「もう何が何やら……！」

胃を押さえるオーウェンの隣で、アーノルドが焦《あせ》りつつ身を乗り出す。

「だ、だが、試練の儀は過酷だと聞く、万が一のことがあったら……！」

「だからこそよ。家庭教師として、そんな危険な試練にシャオリン様を一人で挑ませるわけにはいかないわ。そんなに心配しなくても大丈夫よ、とっても強くて可愛いルナとティトがいるんですもの！　それに、シャオリン様だってがんばって、すっごく強くなったんだから！」

「そういう問題では……！」

その時、開幕を予告する銅鑼《どら》がジャアアアン！　と鳴り響いた。

「いけない、もうすぐ式典が始まっちゃう！　またね、お父様！」

「ま、待て、レクシア……！」

「あっ、これ、皇都で買った扇子よ！　頭を冷やすのに使ってね！」

「これは胃痛に効くというお茶だ。二人で飲むといい。まあ、あまり心配するな。私たちがついている」

レクシアがアーノルドに扇子を押しつけ、ルナがオーウェンに茶葉を渡す。

止める暇もなく、レクシアたちは軽やかに会場へ駆け戻った。

「レクシア、戻ってこい！　レクシアーっ！」

「陛下！　他国の目もあります、お気持ちは分かりますが、ここはひとまずお収めくださ
い……！」

「くぅぅっ……！　頼む、どうか無事で帰ってきてくれ……！」

血を吐くようなアーノルドの祈りが、会場の熱気に溶け消える。

こうして波乱の内に、開会式典が幕を開けようとしていた。

＊＊＊

「アーノルド様、レクシアさんのことをとっても心配していたの」

「それに護衛の騎士さんも、すごく慌ててましたね」

「お前、今度ちゃんと手紙を書くんだぞ」

「あら、こうして元気な姿を見せたんだからいいじゃない。そんなことより、いよいよ試
練の儀よ。気合いを入れていかないとね！」

四人がそんな会話を交わしていると、背後から声が掛かった。

「あらシャオリン、辞退しなかったのねェ？　無謀さは身を滅ぼすわよォ？」

振り向くと、シャオリンの兄姉たちが立っていた。それぞれ三人の従者を従えていて、どの従者も手練《てだ》れであることが感じ取れる。

第二皇位継承者――ユエは、シャオリンと目が合うなり気圧《けお》されたように後ずさった。

「な、なに？　あの子、少し雰囲気が変わった？」

以前とは違い、レクシアたちとの修行を経た今、シャオリンの背筋は凜《りん》と伸び、瞳には強い光が宿っていた。

第三皇位継承者であるマオもうろたえつつ、それを隠すようにふんと鼻を鳴らす。

「まあ、多少は肝が据わったようだけど、しょせんは落ちこぼれだろ？　龍力も使えないんだ、どうせすぐに脱落するさ」

「お前のような混ざりモノが、試練の儀を勝ち抜けるわけがない。今のうちに辞退した方が身のためだぞ」

長兄ルーウォンに見下されて、シャオリンが唇を噛《か》む。

せせら笑う三人を、レクシアが睨《にら》み付けた。

「なによ、絶対にシャオリン様が一番になるんですからね！　見てなさいよ！」

「なんだと貴様、家庭教師風情《ふぜい》が口を挟むな」

両者の間で、ばちばちと火花が散る。

その時、険悪な雰囲気を引き裂くように銅鑼が鳴り響いた。

壇上に、重厚な服を纏《まと》った人物が現れる。

「あれがシャオリン様のお父様ね！」

シャオリンの父――リアンシ皇国のリュウジェン皇帝は、髭《ひげ》を蓄えた壮年の男だった。

鮮やかな橙華色《とうかいろ》の髪に冠を戴《いただ》き、腰に幅広の剣を帯びている。

皇帝は切れ長の目で皇位継承者たちを見渡すと、重々しく口を開いた。

「只今《ただいま》より、試練の儀を開催する――が、その前に。まずはお前たちに、試練の儀に参加する資格があるか試させてもらう」

「え？」

シャオリンが目を瞠《みは》り、他の皇子たちも怪訝そうにする。

「参加資格を試すだって？」

「歴代の試練の儀に、そんなものあったか？」

皇帝が合図をすると、兵士たちが十二枚の巨大な石板を運んできた。

「それぞれ、ここに用意した石板を三枚続けて割ってみせよ。一度でも失敗すれば、即失格とみなす」

「あ、あれは……石板って言っていいんでしょうか……⁉」

「ほぼ岩の塊じゃない！」

レクシアたちが呆気に取られる通り、分厚い石板は大柄な兵士の背をゆうに超え、普通に考えれば割ることなど不可能に見えた。

しかし皇子たちは不敵に笑う。

「なるほど。まずは開会式でふるいにかけるということか」

「ふふ。龍力もない落ちこぼれは、ここで脱落ということねェ？」

「父上も人が悪いなぁ。混血を排除するために、わざわざこんな試験を用意するなんて」

長兄のルーウォンが、指を鳴らしながら進み出た。

「では、俺から行こうか」

石板に向かって手をかざすと、全身から橙華色のオーラ——龍力が立ち上った。

「はぁっ！」

バガアアアアッ！

気合いもろとも、練り上げられた龍力が巨大な腕のごとく唸《うな》り、石板を激しく砕く。

「す、すごい……！」

「あれがルーウォン様の龍力……！」

観客たちから驚きの声が上がる。

ルーウォンはあっという間に三枚の石板を割ると、手を払った。

「まあ、こんなものか」

しかし、ユエが笑い声を上げる。

「相変わらず野暮ったいわねェ、ルーウォン兄様？」

「なんだと、ユエ？」

「お手本を見せてあげる。龍力っていうのは、こう使うのよォ？」

ユエが石板に向かって指を構える。

その指先から龍力が光線となって放たれ、石板を次々に撃ち砕いた。

「なるほど、ルーウォン皇子は力を重視した近接型、一方ユエ皇女は遠距離の攻撃を得意としているようだな」

「本当に人によって使い方が違うんですね！」

初めてユエの力を目の当《ま》たり《あ》にしたルナとティトが、感心したような声を上げる。

「やれやれ。あんまり手の内は見せたくないんだけどなぁ？」

残るマオ皇子は肩を竦《すく》めると、地面に手を突いた。

すると、橙華色の蛇が地面を這《は》い、石板に這い上がって包み込んだ。

「はっ！」

マオ皇子が宙を握り潰すような仕草をした瞬間、蛇が石板を締め上げ、バキバキと砕く。

「わあ、あんなこともできるんですね！」

「龍力ってすごいわね……！」

貴賓席からも驚きの声が上がる。

「こ、これが龍力……なんて力だ……」

「あの内の誰かが次期皇帝となるのか……誰が皇帝になったとしても、末恐ろしいな」

皇子ら三人が見事に参加権を得て、会場の注目がシャオリンに集まる。

「さあ、残るは一人だが……恥を晒《さら》す前に棄権したらどうだ、シャオリン？」

「ふふ。あまりいじめては可哀想《かわいそう》だよ、ルーウォン兄様」

「そうよ、せめて挑戦だけでもさせてあげましょうよ。たとえ無駄だとしてもねェ？」

皇子たちが嗤《わら》う中、シャオリンは静かに進み出ると、双剣を抜いた。

「なに、双剣だと……？　あいつ、あんなもの使えたのか？」

「どうせ子どもだましだよ。龍力もないのに石板が斬れるわけがないさ」

「で、でもあの子、何だか様子が変わった……？」

シャオリンの表情は自信に溢《あふ》れ、その瞳には強い光が宿っていた。

会場を包む熱気の中で、大きく深呼吸する。

「いよいよシャオリンさんの番ですね！」

「シャオリン様のすごさ、見せてやりましょう！」

「うんっ！」

「待て。その前に、最後の仕上げだ――『流線』！」

ルナがシャオリンの双剣に向けて糸を放つ。


シャシャシャッ！


無数の糸が刃を撫《な》でると、刃が鋭く研ぎ澄まされ、剣の輝きが増した。

「!?　これは……！」

「糸で剣を研いだ。今までは、あえて演舞用のなまくらのまま特訓していたが、これで本来の真価を発揮できる。修行の成果を見せて、兄姉の度肝を抜いてやれ」

「力を抜いて、修行の総仕上げだと思えば良《い》いわ！」

「自分を信じてください！」

シャオリンは自信に溢れた笑みを浮かべ、力強く頷《うなず》いた。

低く石板を見据えると、細く息を吐き――

「──はっ！」

地を蹴り、一息に石板に肉薄する。

駆け抜けざま、迷いなく双剣を振り抜いた。


チリンッ──キィィィィンッ！


可憐《かれん》な鈴の音と、甲高い金属音が鳴り響く。

数秒後、石板が斜めにずれたかと思うと、轟音《ごうおん》と共に崩れ落ちた。

「なっ⁉ あ、あいつ、龍力を使えるようになったのか⁉ 一体いつの間に……⁉」

「い、いいえ、あの子、龍力を使っていないわ……⁉」

「はああ⁉ まさか龍力もなしに、剣技だけであの石板を斬ったっていうのか⁉」

「やぁッ！」

皇子たちの驚愕《きょうがく》を込めた視線の先で、シャオリンは二枚目の石板も華麗に両断する。

「い、一体どういうことだ⁉ なんなんだ、あの凄《すさ》まじい剣技は⁉」

「あの子、いつの間にあんなに強くなったのよォ⁉」

客席の国民たちも、思わず息を詰めた。

「す、すごい……！　あんな剣技、見たことないぞ！」

「それに双剣とは……まるでファラン様の再来じゃのう……！」

「この強さ……シャオリン様なら、龍力がなくても、リアンシ皇国を立派に護《まも》ってくれるんじゃないか⁉」

「残り一枚だ、がんばれー！」

観客たちが歓声を上げ、貴賓席に座したアーノルドとオーウェンも身を乗り出す。

「なんと、幼くしてあの強さ……よほど鍛錬を積まれたのでしょうな」

「うむ。リアンシ皇国の皇帝家に伝わる龍力は、確かに強大だ。ただ龍力があるばかりにそれに頼りきりになり、他の力は劣りがちになると聞いていたが……この強さ、間違いなく一軍に匹敵する。レクシアの言う通りだ。リアンシ皇国は良い後継者を得たものだな」

シャオリンを讃《たた》える声は、皇子らの元にも届いていた。

「くっ！　混血の落ちこぼれが試練の儀に参加するなんて、断じて許せるものか……！」

マオ皇子が歯ぎしりしながら、地面に手を突いた。

無数の龍力の蛇が地面の下を移動して、観客から気付かれないよう、地中からこっそりと石板を強化する。

微《かす》かな異変を察知したティトが声を上げた。

「あっ、あれは……マオ皇子が、龍力の蛇で石板を強化してます！」

「なんですって⁉　シャオリン様を妨害するつもりね、そんなのずるいわよ！」

しかしルナが口の端《つ》を吊り上げる。

「いや、心配は無用だ」

「えっ⁉　でも……！」

レクシアの言葉半ばに、シャオリンが最後の石板に肉薄した。

「これで最後っ！　はあああっ！」

大きく踏み込むと共に、迷わず剣を振り抜く。


ズバアアアアアアアアアッ！


美しく弧を描いた銀閃《ぎんせん》が、龍力の蛇ごと岩を両断した。

「キシャアアアッ⁉」

「なッ……⁉」

「はぁっ、はぁっ……や、やった……！」

息を切らせるシャオリンに、客席から喝采がドッと沸き起こる。

「シャオリン様、かっこいい～！」

「龍力が使えないと聞いていたが、まさかこんなにお強いとは……！」

「ま、まさか、そんな……ぼ、僕の龍力ごと、石板を斬っただと……!?」

驚くマオに、ルナが冷ややかな視線を送る。

「皇子ともあろう者が、くだらない手を使うものだな」

「！　ぐっ……!?」

観客たちが大盛り上がりの中、競技の終了を告げる銅鑼《どら》が鳴り響いた。

ルーウォンが、皇帝に向かって抗議する。

「父上！　シャオリンは龍力を使っていません！　参加は無効だ！」

しかし皇帝が口を開くよりも早く、レクシアが高らかに声を張った。

「あら、皇帝陛下は龍力を使えなんて、一言も言っていなかったわ。ただ『石板を割れ』って言ったのよ。そうでしょ？」

「なっ!?　か、家庭教師ごときが口を挟むなッ！」

ルーウォンが激昂《げっこう》するが、会場からはレクシアに賛同する声が上がった。

「そうだよな、確かに龍力を使えとは言っていなかった！」

「シャオリン様、まだ幼いのにあんなにお強いなんて、ご立派だわ！」

「あれだけ強ければ、試練の儀に参加する権利はあるよな！」

皇帝はしばし瞑目《めいもく》していたが、厳かに口を開いた。

「……シャオリンの参加を認めよう。全員合格だ」

微かに苦渋の浮かんだ表情を見上げて、シャオリンが「お父様……」と呟《つぶや》く。

客席が大歓声に包まれる中、レクシアがシャオリンに抱き付いた。

「やったわ、シャオリン様！　おめでとう！」

「ひゃ⁉」

「とってもかっこよかったです！」

「よく集中して、修行の成果が出せていたな。偉いぞ」

「ありがとうなの、レクシアさんたちのおかげなの」

喜ぶ四人を見て、皇子たちは忌々《いまいま》しそうに歯がみする。

「くっ、由緒《ゆいしょ》正しい試練の儀に混血が出場するなど、前代未聞《ぜんだいみもん》だぞ……！」

「しょ、所詮は付け焼き刃だよ、どうせ早々に脱落するさ……」

「そうよ。ここで棄権しなかったこと、後悔するに決まってるわァ？」

壇上で、皇帝が試練の儀について説明を始める。

「お前たちにはこれから、国中に散った三つの試練に挑んでもらう。最初の試練は【『嘆

き の湖』で『真実の鏡』の欠片《かけら》を手に入れよ】だ。それぞれ鏡の欠片を手に入れれば、次の試練が明らかになるだろう。そして二つ目の試練を乗り越え、皇帝になるための力と覚悟、勇気のある者のみが、最後の試練に挑むことができる。従者の同行は三人まで許す。次期皇帝候補として、恥じない力を見せよ」

兵士が皇位継承者たちに巻物を渡す。

さっそく巻物を広げたマオとユエが眉を顰《ひそ》めた。

「これは……『汝《なんじ》の力を示せ』……？」

「これだけ？　いったいどういうことよォ？」

巻物にはただ一言、『汝の力を示せ』と記されていたのだ。

「……なるほど、そういうことか」

ルーウォンが巻物に手をかざし、龍力を発現する。

橙華色《とうかいろ》の光に触れた瞬間、白紙に地図が浮かび上がった。

それを見たユエとマオも、同じく巻物に龍力を流し込む。

「へえ。龍力によって、目的の場所が浮かび上がる仕組みなんだね」

「龍力が使えなければ試練に辿《たど》り着くこともできないってわけね。ふふ、残念だったわねエ、シャオリン？」

「っ……！」

シャオリンは必死に力を込めようとするが、巻物は白紙のままであった。

ルーウォンが自分の従者に向かって宣言する。

「さあ、出発だ！　誰よりも早く『真実の鏡』を手に入れるぞ！」

「父上も、我々の勇姿をご覧くださるのでしょう？」

マオが尋ねると、皇帝は重々しく首を振った。

「──いや。我には、急ぎ行かなければならない所がある。……お前たちの健闘を祈る」

その表情には、どこか思い詰めたような影があった。

皇帝は最後にシャオリンを一瞥《いちべつ》すると、そのまま会場を立ち去った。

「お父様……」

「じゃあな、シャオリン。せいぜい死なないように気を付けろよ」

「まあ、地図がないんじゃ、目的地に辿り着くことさえできないでしょうけどねェ」

皇子たちが出発しようと歩き始める。

するとレクシアが、マオの前に立ち塞がった。

「邪魔だよ、どけ」

「いやよ。さっき卑怯《ひきょう》な手で妨害をしたこと、シャオリン様に謝りなさい」

「はあ？　お前には関係ないだろ」

「関係あるわよ、私たちはシャオリン様の家庭教師なんだから」

「チッ、家庭教師ごときが口を出すな！」

「なによー！　だいたいあなた、シャオリン様のお兄ちゃんでしょっ？　可愛《かわい》い妹に優しくしなさいよねっ！　じゃないとお仕置きしちゃうんだから！」

「なっ、おい、くっ、気安く触るな！」

レクシアにつんつんと脇腹をつつかれて眉を吊り上げるマオに、ルーウォンとユエが呆《あき》れたように声を掛ける。

「おい、馬鹿に構うな。時間の無駄だ」

「ふふ、お先に失礼するわねェ、マオ？」

「くっ……！　二度と僕の邪魔をしたら承知しないからな！　行くぞ、お前ら！」

皇子たちはそれぞれ三人の従者を伴い、シャオリンを置いて出発してしまった。

「まったく、失礼しちゃうわ！」

「余計な諍《いさか》いで体力を使うな、レクシア。もう試練は始まってるんだぞ」

シャオリンが白紙の巻物を手にしたまま途方に暮れる。

「でもどうしよう、これじゃあ嘆きの湖に辿り着けないの……龍力がないわたしには、試練の儀に挑むことさえできないの……？」

するとレクシアが「ふふふ」と不敵に笑った。

「実はこんな時のために、さっきマオ皇子の服にお香の粉をつけてやったのよ！」

「えええええっ⁉　レクシアさん、あの短い間にそんなことをしてたの……⁉」

「ってわけで、ティト、追っちゃって！」

「はい、任せてください！」

「レクシアさん、すごすぎるの……！」

ルナが荷物を持ってシャオリンを振り返る。

「さあ、私たちも出発しよう。準備はいいか？」

「うん！　──あっ、ごめんなさい、少し待っていてほしいの！」

シャオリンが皇族席で見守っている母親──ユーリの元に駆け寄る。

息を詰めて見守っていたユーリが、目を潤ませながらシャオリンの手を取った。

「ああ、シャオリン。すっかり強くなって……立派だったわ。あなたがこんな力を秘《ひ》めていたなんて……レクシア様たちに家庭教師についていただいて、本当に良かった」

「ありがとう。行ってきます、お母様」

「ええ、どうか気を付けて。あなたの帰りを待っているわ」

シャオリンは笑って頷《うなず》き、レクシアたちに合流する。

そんな中、貴賓席でひときわ目立っている人物がいた。

「レクシア――――ッ！　行くな、戻ってくるのだ！　やはりお前を危険な試練に赴かせるわけにはいかん……！」

「陛下、どうぞお鎮《しず》まりくださいっ……！」

ご乱心のアーノルドと、それを必死に押しとどめるオーウェンに向かって、レクシアは明るく手を振った。

「じゃあ行ってきます、お父様、オーウェン！　お土産楽しみにしててね！」

「過酷な試練で何をお土産にしようというのだお前は⁉　ええい、放せオーウェン！　何としてでもレクシアを連れ戻すのだ！」

「公的な場ですぞ、お控えください！　王族が下手に乱れている所を見せれば、我が国の隙と見てつけ込んでくる国もあるやも知れません！」

「何よりも大切な愛娘《まなむすめ》が死地に赴こうとしているのだぞ、黙って見ていられるか！　もういい、我も一緒に行く！」

「あんた本当に国王か⁉　くっ、レクシア様、とにかくご無事で……！」

アーノルドとオーウェンに多大な心労を与えながら、レクシアたちは試練の儀に出発したのだった。

＊＊＊

「この辺りです！」

レクシアたちは皇子たちの後を追って林を抜け、嘆きの湖に到着していた。

「す、すごい、本当に着いたの……！」

「わあ、大きい湖ね！」

「ここが『嘆きの湖』か。霧が濃いな」

そこは切り立った崖と林に囲まれた、巨大な湖だった。

辺りには霧が掛かり、対岸は白く霞《かす》んでいる。

「この湖のどこかに、『真実の鏡』の欠片があるの……？」

「皇帝陛下は、それぞれ欠片を手に入れろって言っていたから、きっと最低でも四つはあるのね！　早速探しましょう！」

「待て。途中で妨害されても面倒だ、先に他の皇子たちの様子を偵察しよう」

「はい！　あの崖の辺りから声がします！」

ティトの後について、身を隠しつつ林を進む。

繁《しげ》みから顔を出すと、崖をよじ登っているルーウォン皇子の姿があった。

「この上に鏡の欠片がある！　誰よりも早く手に入れるのだ！」

「る、ルーウォン様、お待ちください……！」

「ひぃぃっ、た、高い……！」

切り立った崖は霧を突き抜けるほど高く、従者たちはすっかり怖じ気《おけ》づいている。

先頭を切るルーウォンも、巨大な腕の形をした龍力を操作して崖を登るが、戦闘とは勝手が違い、苦労しているようだった。

「ルーウォン皇子は、もう鏡の欠片を見つけたのね！」

さらに林の奥へ進むと、泥の沼に浸《つ》かったマオの姿があった。

「くそ、なんであんな取りづらいところに……！　龍力の蛇も泥の上は進めないし……！」

「うう、身体《からだ》が沈む……」

「全然前に進まないぞ……！」

どうやら泥の沼の奥に、鏡の欠片があるらしい。

マオは従者たちと共に腰まで泥に浸かりながら、前進しようと必死に藻掻《もが》いている。

かと思えば、別の場所にある洞窟から、ユエの声が響いてきた。

「ちょっと、この洞窟、どうなってるのよォ⁉　鏡の欠片は見えてるのに、なんでいつまで経《た》っても辿り着けないわけ⁉」

「ゆ、ユエ殿下、また出口に戻されてしまいました……！」

「なんなんだ、この洞窟は……⁉」

どうやら中は複雑な迷路になっているらしく、従者ともども迷っているようだった。

「みなさん、既に鏡の欠片《かけら》を見つけたようですね！」

「先を越されちゃったの……」

「だが、三人ともかなり苦戦しているようだな。ひとまず、妨害の心配はなさそうだ」

「私たちも、急いで探しましょう！」

皇子たちから距離を取り、湖の周辺を捜索する。

するとシャオリンが湖を指さした。

「あ、あの島を見て！」

湖の中央に、小さな浮島があった。

その岸で、ちらちらと光を反射するものがある。

「鏡の欠片だわ！」

「ほんとです！」

レクシアの隣でティトも目を輝かせたが、ふと首を傾《かし》げた。

「……でも、あんなに分かりやすいところにあるのに、他の皇子様たちは気付かなかったんでしょうか？」

「確かに、私たちは先に皇子たちの様子を見ていたからすぐには気付かなかったが、少し岸辺を歩けば真っ先に見つけられるはずだな……誰も手を出していないのには、なにか理由があるのか……？」

「細かいことはいいじゃない！　この湖さえ渡ることができれば、他の欠片よりもずっと簡単に手に入れられそうね！」

「でも、どうやって渡ればいいの……？」

レクシアが周囲を見回して、ぱっと顔を輝かせる。

「見て、あそこに丸太が転がっているわ！」

レクシアの言う通り、岸辺に手頃な丸太が散乱していた。

「組み立てれば筏《いかだ》になりそうよ、ついてるわね！」

「で、でも、どうしてこんなちょうどいい丸太が転がっているんでしょう……？」

「さすがに都合が良すぎないか……？」

「きっと皇帝陛下が手を回してくれたのよ！　ふふ、皇子様たち、偉そうなことを言っていたけど、せっかくのヒントにも気付かないなんてダメダメね！」

訝《いぶか》しむルナたちをよそに、レクシアは意気揚々と荷物を探った。

「筏を作るなら、縄も必要よね！　確か荷物の中に……」

しかし背負い袋からは、虫取り網や飴《あめ》、恋愛小説などが出てくるばかりだった。

「おかしいわね、ちゃんと入れておいたはずなんだけど」

「だからちゃんと整理しておけと言っただろう」

するとシャオリンが、岸辺に縄が落ちているのを見つけて近付いた。

「あれ？　こっちに縄が落ちてるの」

「な、縄まであるんですかっ？」

「……やはりあまりに不自然すぎるな。折れている丸太もあるし、まるで何かに破壊されたような……もしや――」

ルナがはっと顔を上げた時。

「ゲコオオオッッ！」

水柱が上がり、湖面から巨大な蛙《かえる》が飛び出した。

「きゃああっ⁉」

「なっ……【毒蝦蟇《どくがま》】⁉」

毒蝦蟇は淡水に生息する魔物で、毒性のある粘液で獲物を麻痺《まひ》させ捕食する。

ルナとティトが戦闘態勢を取るよりも早く、蛙がシャオリンへと粘液を吐き出した。

「ゲコオオオッ！」

「きゃあっ！」

「危ない、シャオリン様！」

レクシアが飛び出す。その手には、雪の結晶のような美しい盾——『六花《りっか》の盾』が構えられていた。

「させるもんですかっ！」

ビシャアアアッ！

シャオリンを覆おうとした粘液を、レクシアが盾で受け止める。

その間に、ルナの糸とティトの爪が閃《ひらめ》いた。

「『乱舞』っ！」

「【爪閃《そうせん》】ッ！」

「ゲコオオオオオオオオオッ⁉」

蛙が一瞬にして切り刻まれ、光の粒子と化して消えて行く。

「ふう、危ないところだったわね！　怪我《けが》はない、シャオリン様？」

「あ、ありがとうなの、レクシアさん……！」

「ふふっ、仲間を守るのは当然よ。無事で良かったわ！」

「さっきの魔物、初めて見ました。東方独特の魔物でしょうか？」

「ああ、名前は知っているが、私も実物を見るのは初めてだ」

息さえ乱していないルナとティトを見て、シャオリンが目を輝かせる。

「ルナさんとティトさん、すっごく強いの……！【毒蝦蟇】は精鋭兵が集団で対処してやっと太刀打ちできる凶悪な魔物なのに、こんなにあっさり倒しちゃうなんて……！」

「ふふふ、そうでしょ？　ルナとティトがいれば、どんな魔物が襲ってきたってへっちゃらよ！」

レクシアは胸を張っていたが、ふと粘液まみれになった盾を見下ろした。

「あら、盾がべとべとになっちゃったわ」

「国宝級の盾だぞ、もっと大切に使え……！」

「え？　盾ってこうやって使うものでしょ？」

「それはそうなんだが、お前の場合は気軽に使いすぎなんだ……！」

「ゲコ、ゲコゲコ……」

ルナのツッコミも半ばに、湖から不穏な合唱が響く。

見ると、大量の蛙が水面から顔を出してこちらを見ていた。

「そっか、湖に危険な魔物がいて近付けないから、誰もあの鏡の欠片に手を出していないんですね……！」

「この丸太も、皇子の誰かが筏を襲撃されて断念した跡だったのだろう」

沖合でぎらぎらと不気味に光る目を見渡して、ルナは腕を組む。

「勝てない相手ではないが、筏ではすぐに破壊されそうだな。他の方法を考えるか」

「でも、他に湖を渡る手段なんて……」

シャオリンが眉を下げる。

真剣に頭を悩ませるルナたちをよそに、レクシアはこびりついた粘液を払おうとして、盾をぶんぶんと振り回していた。

「もう！　この粘液、全然取れないわ！　……洗ったら取れるかしら？」

レクシアが盾を水につけた瞬間、
パキッ！　パキパキパキィイインッ！

盾を中心に、分厚い氷が張った。

「え、ええええっ⁉　湖が凍ったわ⁉」

「なっ⁉　六花の盾にこんな効果が⁉」

「ノエルさんが言ってた『すごい効果』っていうのは、このことなんですね……！」

「い、一体どういうことなの……⁉」

思わぬ事態に、沖にいる蛙たちも訝しげに様子を窺《うかが》っている。

試しに四人で氷に乗ってみたが、問題なさそうだった。

「すごい、これなら小島まで渡れそうなの……！」

「やったわ！　さすがは私ねっ！」

「いや、明らかに偶然だろう」

レクシアは意気揚々と盾を構えた。

「私がこの盾で、氷の道を造るわ！　一気にあの浮島まで渡りましょう！」

「はいっ！」

「とはいえ、魔物の襲撃は避けられないだろう。いけるか、シャオリン」

湖の水面では、大量の魔物が待ち構えている。

シャオリンは緊張した面持ちで双剣を抜き放った。

「が、がんばるの……！」

「さあ、いくわよ！」

レクシアの声を合図に、四人は一斉に氷の上を走り出した。

＊＊＊

「ゲコオオオオオオオオオ！」

先頭を走るルナに、蛙たちが待ち構えていたように氷上に躍り上がる。

ルナは鋭く両手を振った。

「『乱舞』！」

シュパパパパパパッ！

乱れ舞う糸が、瞬く間《またたくま》に蛙の群れを一掃する。

「ゲ、ゲコ、ゲ、ェ……ッ」

魔物たちが断末魔も上げられず消えて行くのを見て、レクシアが頬を上気させた。

「すごいわルナ、また強くなったんじゃない？　この数をまとめてやっつけちゃうなんて！」

「これくらい造作もないさ、この前ロメール帝国で受けたウサギ様の修行と比べたらな」

ルナが軽く息を吐いた時、レクシアの背後で水面が波打った。

「！　レクシア、退《さ》がれ！」

「え？　──きゃっ⁉」

ルナがレクシアを抱えて跳び退《しさ》る。

その直後、

ズガガガガガッ！


レクシアがいた場所を、何百本という透明な錐《きり》が穿《うが》った。

「なっ⁉　水の錐……⁉」

「ギキイイイイイ……！」

水面から、不気味な影がぬらりと氷上に姿を現す。

それは巨大な芋虫だった。水のように透明で、体表はぶよぶよと波打っている。

「なによこいつ⁉」

「【レイク・ワーム】か！」

「ギシャアアアアッ！」

レイク・ワームは口を開くと、ルナ目がけて水の錐を発射した。

ルナはひらりと跳躍して躱《かわ》し、鋭く両手を振った。

「『乱舞』！」

オークさえ難なく切り刻むはずの糸は、しかし透明な身体《からだ》をすり抜けてしまう。

「そんな、ルナの攻撃が効かないなんて……!?」

「なるほど、水と同じ性質を持っているのか。斬撃が通用しないとは、なかなか厄介だな。

だが――」

「ギギイイイイイイッ！」

レイク・ワームがルナに喰《く》らい付こうと飛び掛かる。

「ルナ、危ない！」

レクシアが悲鳴を上げるよりも早く。

「斬れないならば、丸ごと吹き飛ばしてしまえばいいだけだ――『螺旋《らせん》』！」

ギャリリリリリッ！

ドリル状に回旋する糸の束が、レイク・ワームの胴を貫いた。

「ギシャアアアアッ⁉」

水でできた身体が飛沫《ひまつ》と化して飛び散り、レイク・ワームが消滅する。

レクシアが歓声を上げた。

「さすが私のルナ、最高にかっこいいわ！　私だって活躍してみせるんだから！」

負けじと六花の盾を手に、ぶんぶんと振り回す。

「おい、特別な精霊の力が宿るという至宝だぞ、もっと大事に扱え――」

ルナの言葉半ばに、レクシアの手から、盾がすっぽ抜けた。

「あ」

「レクシア――――！」

飛んでいった盾が偶然、ルナの背後に忍び寄っていたゼリー状の魔物に当たる。

「ギイイイイイイイイッ！」

ビシッ！　ビシビシィッ！

あっという間に氷漬けになったゼリー状の魔物を見て、ルナが目を見開く。

「【スラッジ・スライム】か……！　獲物に忍び寄り、体内に取り込んで消化する危険な魔物だが……六花《りっか》の盾にかかってはひとたまりもなかったようだな」

「そんな魔物を凍らせちゃうなんて、私ってすごいわ！」

「いや、単に盾を振り回していて手を滑らせただけだろう」

「はっ、ちょっと待って⁉　……この盾があれば、デザートのゼリーも、凍らせて持ち運べるんじゃやない⁉」

「だから氷の大国の至宝を便利道具感覚で使うな！」

レクシアはルナの呟《つぶや》きに構わず、六花の盾で氷の道を延ばした。

「さあ、どんどん行くわよっ！」

＊＊＊

「ゲコ、ゲコゲコッ！」

「シャオリンさん、私の後ろにいてください！」

「う、うん……！」

ティトとシャオリンは、蛙《かえる》の群れに囲まれていた。

「ゲコオオオオオオオッ！」

蛙たちが毒液を吐こうと一斉に口を開く。

しかし、それよりも早く。

「させません！　【爪閃《そうせん》】！」

ティトは閃光と化して、瞬時に氷上を駆け抜けた。

急所を突かれた魔物たちが、一瞬にして光の粒となって溶けていく。

「ゲコ……！　ケ、ケ……ッ!?」

「ふう。毒液は厄介ですけど、攻撃される前に倒しちゃえば簡単ですね！」

額を拭うティトを見て、シャオリンが呆気《あっけ》に取られたように立ち尽くした。

「す、すごい、何が起こってるのか全然見えなかった……！　ティトさん強すぎるの……！」

「えへへ。師匠の弟子として、まだまだ未熟ですが……」

目を輝かせるシャオリンに、ティトが恥ずかしそうにはにかむ。

その時、青い影が水中から躍り上がった。

「キュイイイイッ！」

角を持つイルカに似たその姿に、ティトが目を瞠《みは》る。

「【コーナー・デルパス】……！」

「キュイイイイイイイイッ！」

イルカの姿をした魔物は、青い角から水の塊を発射した。

「シャオリンさん、危ない！」

「ひゃあっ⁉」

ティトがシャオリンを抱えて避《よ》けた直後、水球が足場をバギィイイッ！　と砕く。

「な、なんて威力なの……⁉」

たったの一撃で分厚い氷が半壊したのを見て、シャオリンが青ざめる。

二人が体勢を立て直した時には、コーナー・デルパスは再び湖の深くへと潜っていた。

シャオリンが氷から身を乗り出して、焦《あせ》りを浮かべる。

「水中に逃げられたの、これじゃあ攻撃が届かない……！　またあの水球が来たら、足場が崩されちゃうの……！」

「大丈夫です、タイミングさえ合わせれば……！　ふーっ……！」

ティトは両手を交差させて身構え、細く息を吐いた。

鋭い視線の先で、コーナー・デルパスが攻撃を仕掛けるべく、再び空中に躍り上がる。

「キュイイイイイイイイッ！」

青い角に、水の球が集まり――

「今です！　【旋風爪《せんぷうそう》】っ！」

ティトが両手を振り抜く。

すると激しい烈風が渦巻き、局所的な竜巻が発生した。

「ティトさん、竜巻まで起こせるの⁉」

ゴオオオオオオオオオオッ！

竜巻が水球を散らし、コーナー・デルパスを巻き込んで空高く打ち上げる。

「キュイイイイイイイイッ！」

空中で為《な》す術《すべ》もなく悶《もだ》えるコーナー・デルパスに向かって、ティトは爪を薙《な》いだ。

「【烈爪】っ！」

真空波が生み出され、遥《はる》か上空の魔物を切り刻む。

ズバアアアアアアアアアアッ！

「キュイ、イィィ……っ！」

コーナー・デルパスは、断末魔を残して消滅した。

「す、すごい……あんな強大な魔物を、こんなにあっさり……！」

「ふう、なんとかなりました！　さあ、どんどんやっつけちゃいましょう！」

次の魔物に肉薄するティトを見て、シャオリンは柄《つか》を握る手に力を込めた。

「ティトさん、やっぱりすごいの！　わたしも負けていられないの……！」

双剣を手に、果敢に蛙の群れに斬り掛かる。

「はっ！」

「グゲエエエエエッ！」

双剣に切り裂かれ、蛙たちが断末魔を上げて消滅した。

「や、やった！　ルナさんとティトさんの特訓のおかげで戦えるの……！　私にも戦う力があるの……！」

興奮に胸を高鳴らせながら、勝利の感動を噛《か》みしめる。

その時、シャオリンの直感がざわめいた。

「！」

咄嗟《とっさ》に身を伏せた直後、シャオリンがいた空間を黒い鋏《はさみ》が切り裂く。

「ギキイイイイ……！」

「【ブラック・シザー】……！」

シャオリンを襲ったのは、馬車ほどもある巨大な甲殻類であった。

全身を黒い甲皮に覆われ、腕の代わりに鋭い鋏を備えている。

「ギイイイイイッ！」

ブラック・シザーが、二つの巨大な鋏を振りかざす。

「はッ！」

シャオリンはその鋏目がけて、鋭く剣を払った。

しかし——


ギインッ！


双剣が、硬い甲羅に弾《はじ》かれる。

「っ⁉　刃が通らない……ッ⁉」

「ギイイイイッ！」

鋏を躱《かわ》して距離を取ったシャオリンの元に、すかさずティトが駆けつけた。

「シャオリンさん、退《さ》がってください！　あの甲羅はとっても硬いようなので、私が倒します！」

しかしシャオリンは強い瞳で首を振った。

「……ううん。ルナさんやティトさんが、わたしのためにがんばってくれたんだから、今度はわたしががんばる番なの。あの修行を受けたわたしならできる……！　修行の成果を見せるの！」

「シャオリンさん……分かりました、気を付けて！」

シャオリンは頷《うなず》くと、ルナとティトの教えを思い出しながら、精神を統一した。

「敵をよく見て……剣を振り抜く一瞬に、すべてを懸ける……！」

「ギイイイイイッ！」

魔物が鋏を振り立てて突進してくる。

シャオリンは魔物に向かって地を蹴ると、跳躍した。

「今ッ！　やあああああっ！」

すべての体重を乗せて、思い切り双剣を振り下ろす。

ズバアアアアアアアアアッ！

「ギキイイイイ⁉」

加速した刃が、強固な甲羅を両断した。

「や、やった！」

しかし鋭すぎるその斬撃は氷まで到達し、シャオリンの足場をも真っ二つにする。

「あっ……！　きゃあああああ⁉」

「シャオリンさん！」

体勢を崩して湖に落ちそうになったシャオリンを、ティトが抱き上げた。

安全な氷を選んで、ひらりと着地する。

「あ、ありがとうなの、ティトさん……きゃっ！」

シャオリンが礼を言うより早く、ティトはシャオリンをぎゅっと抱き締めた。

「シャオリンさん、すごいです～～～っ！　がんばり屋さんで勇敢で、とっても偉いです！　しかもあんな硬そうな魔物だけじゃなくて、分厚い氷まで斬っちゃうなんて、すっごく強くなりましたね！　でもでも、時には頼ってくれてもいいんですよ～っ！」

「ふふっ、ティトさん、くすぐったいの」

頬ずりされながら髪をくしゃくしゃと撫《な》でられて、シャオリンは嬉《うれ》しそうに笑った。

別の群れを片付けたレクシアとルナも、笑顔で駆けつける。

「びっくりしたわ！　シャオリン様、強くなりすぎじゃない⁉」

「素晴らしい切れ味だったな。よく戦況を見て戦えていたぞ」

「先生たちのおかげなの！」

レクシアが張り切って小島を指さす。

「世界最強で最かわな私たちなら、もう怖いものなしだわ！　この調子で、一気に渡っちゃうわよ！」

＊＊＊

こうして四人は恐ろしい魔物の群れを退け、無事に浮島に上陸した。

「ふう、到着ね！」

「すっかり濡《ぬ》れねずみだな」

激しい戦闘によってびしょ濡れになりながらも、鏡の欠片《かけら》の元に辿《たど》り着く。

「これが真実の鏡……！」

しかし、鏡の欠片は橙華色《とうかいろ》に透き通る球体に包まれていた。

レクシアが球体をこんこんと叩《たた》く。

「なにかしら、これ？」

「橙華色の障壁か……もしや……──『乱舞』！」

ルナは球体に向かって糸を放った。

切れ味鋭い糸が、球体を切り刻もうと殺到し──バチィッ！　と弾かれた。

「る、ルナさんの糸が通用しない⁉」

「やはりそうか。この障壁は、龍力でなければ割れないのだろう」

「皇帝陛下は、『鏡の欠片を手に入れれば、次の試練が明らかになる』って言ってたけど……」

試しにシャオリンが欠片を包む障壁ごと持ち上げるが、何の変化も現れなかった。

「やっぱりこのままだと、『手に入れた』ことにはならなさそうですね……」

「そんな……それじゃあ、龍力がないわたしでは、鏡を手に入れることはできないの……やっぱり龍力がないと、試練を乗り越えるなんて無理なの……？」

シャオリンが肩を落とす。

するとレクシアが手を打った。

「そうだ、いいことを思いついたわ！」

「い、いいことって？」

驚くシャオリンに、レクシアは軽やかに片目を瞑《つぶ》った。

「私に任せて！」

＊＊＊

「ルーウォン殿下！　シャオリン様が、例の小島に到達されました……！」

「なっ⁉　あいつ、あの危険な湖を渡ったのか……⁉」

崖登りの途中、わずかな出っ張りで休憩していたルーウォンは、双眼鏡で偵察していた従者の報告を受けて声を荒らげた。

ルーウォンをはじめ、シャオリン以外の皇子たちも当然、湖の小島に鏡があることは真っ先に把握していたのだが、あまりに危険なため早々に諦めたのだ。

「あんな凶悪な魔物がひしめく湖を、一体どうやって渡ったんだ⁉　俺たちが作った筏《いかだ》は、一瞬で破壊されたんだぞ⁉」

「そ、それが、シャオリン様の従者――いえ、家庭教師の一人が湖を凍らせて……」

「はああああああ⁉　ど、どういうことだ⁉　魔法か……⁉　だがそんなでたらめな魔法、一流の宮廷魔術師にも不可能だぞ！　一体何をどうやったら、一介の家庭教師が湖を凍らせられるんだ⁉」

「その上、他の家庭教師も恐ろしく強く、あっという間に魔物の群れを壊滅させました……シャオリン様ご自身も、双剣で奮闘され、獅子奮迅《ししふんじん》のご活躍で……」

「な、な、な……!?　なんなんだあいつらは!?」

ルーウォンはわなわなと唇を震わせていたが、岩に勢いよく拳を叩き付けた。

「くそっ、できそこないの混血が生意気な……！　おい、急ぐぞ！　混ざりモノごときに後れを取るわけにはいかん！」

「は、はいっ！」

そして、それぞれ別の場所にいるユエとマオのもとにも、同じ報がもたらされた。

「なんですって!?　まさかシャオリンが真っ先に鏡の欠片に辿り着くなんて……！　あんな危険な湖、どうやって渡ったのよぉ……!?」

「くっ、僕たちも急ぐよ……！」

マオは泥の沼を渡り、ようやく鏡の欠片に辿り着いた。

鏡を覆う橙華色の球体を持ち上げる。

「はぁ、はぁ、やっと着いた……。これは龍力の障壁か？　ひとまず岸に戻ってから、障壁を取り払うぞ……！」

苦労して岸に戻った頃には、マオも従者たちもぐったりとしていた。

泥まみれの頬を拭いつつ、橙華色の障壁を睨《にら》む。

「ようやく手に入れたぞ！　あとはこの障壁を割れば……！」

マオは、龍力の蛇を顕現させた。

「シャアァアアッ！」

障壁を割るべく、蛇が大きく口を開く。

その時、マオの背後にある繁《しげ》みがガサガサと鳴り——

「がおーっ！」

「ヒィッ⁉　だ、誰だッ⁉」

突如として繁みから謎の声が上がって、マオはとっさに繁みに向かって龍力を放った。

しかし、

「がお、がおーっ！　食べちゃうぞがおーっ！」

「⁉」

間抜けな咆哮《ほうこう》と共に繁みから飛び出したのはレクシアだった。

放たれた蛇が、レクシアの手に掲げられた橙華色の球体に噛《か》み付く。

パリィィィイインッ！

レクシアが手にした障壁が、音を立てて割れた。

「やったわ、作戦大成功ね！」

遅れてルナとティト、シャオリンも姿を現す。

「す、すごいです、本当にうまくいきました……！」

「ふふふ、私の迫真の演技のおかげね！　がお、がおー！」

「そんな間抜けな魔物がいるか！」

「あら、成功したんだからいいじゃない。はい、シャオリン様！　これで鏡の欠片が手に入ったわね！」

「あ、ありがとうなの……！」

呆然《ぼうぜん》としていたマオが、はっと我に返る。

「なっ⁉　なんだ、お前ら⁉　ま、まさかこの僕を利用したのか……⁉」

怒りと屈辱で拳を震わせるマオに、レクシアは勝ち誇った。

「開会式典でシャオリン様を邪魔してくれた借り、返してもらったわよ！」

「く、ぅぅっ……！　僕とあろう者が、あんな間抜けな作戦に引っ掛かって、混血ごときに手を貸すことになるなんて……！　くそっ！　先を急ぐぞ、お前ら！」

「お、お待ちくださいマオ様……！」

マオは真っ赤になって捨《す》て台詞《ぜりふ》を残すと、従者と共にその場を去った。

「行っちゃいましたね」

「まんまと利用されたことが、よほど悔しかったと見えるな」

「なんにせよ、これで第一の試練達成ね！」

その時、ティトが声を上げた。

「あっ、見てください！　鏡に文字が……！」

見ると、鏡の欠片に次の試練が浮かび上がっていた。

「【巻物の手がかりを元に、『深淵《しんえん》の森』で『不老不死の秘薬』を作れ】……？」

「次の目的地は深淵の森ですね！」

「さっそく出発よ！」

「待て、肝心の地図がないだろう。それに、服を乾かさないと風邪を引くぞ」

今にも走り出そうとするレクシアを、ルナが引き留める。

四人は湖での戦闘でびしょ濡れになってしまっていたのだ。

「は、は、はっくひゅん！　……そういえばそうだったわね」

「服を乾かすついでに、お昼ご飯にしましょう！」

湖畔に荷物を下ろし、たき火の準備をする。

「他の皇子様たちは、もう深淵の森に向かったみたいですね」

「シャオリンに先を越されて焦《あせ》ったのか、ろくに休憩も取らずに出発したな。ご苦労なことだ」

「あの、追いかけなくて大丈夫なの……？　わたしたち地図がないし、マオ兄様につけたお香の香りは、沼に入ったからきっと取れちゃったの……」

シャオリンが申し訳なさそうに言うと、ルナが笑って肩を竦《すく》めた。

「心配しなくても、皇子たちの痕跡を辿れば問題ない。焦っている獲物を追う手段など、いくらでもあるさ」

「それに、試練はあと二つもあるのよ。無理をして身体《からだ》を壊したら、元も子もないわ。しっかり英気を養わなくちゃね！」

集めた枝に火を付けると、たき火は明々と燃え上がった。

四人はさっそく着替えて、濡れた服を絞って干す。

「乾くまで、時間がかかりそうなの……」

「日差しがあればいいんですが、すごい霧ですもんね」

霧はじっとりと辺りを覆い、いっそう濃くなるばかりだ。

「よし、次は昼食の準備だな」

食材を取り出すルナに、レクシアがきらきらと目を輝かせる。

「ねえルナ、私が野菜を切るわ！」

「頼むから手を出すな」

「もう、そればっかり！　少しくらい手伝わせてくれたっていいじゃない！　私だってお料理の練習がんばってるんだから！」

レクシアが手にした、見事な宝飾に彩《いろど》られた短剣を見て、ルナが硬直した。

「……待て、レクシア。その手に持っているものは何だ？」

「え？　サハル王国の宝剣だけど？」

「や、野菜を切るために宝剣を⁉」

「レクシアさん、恐れを知らないの……⁉」

「国宝を無駄遣いするなと何度言ったら分かるんだ！」

「何よ。この短剣、すっごくよく斬れて便利なのよ」

「そういう問題ではない！」

シャオリンが半ば呆然としながら口を開く。

「そ、そういえば昔、サハル王国に伝わる宝剣について噂《うわさ》を聞いたことがあるの。たしか、空にまつわるすごい伝説があったような……」

「そうそう、遥《はる》かいにしえに、サハル王国を覆った常闇《とこやみ》の暗雲を切り裂いて晴らしたって聞いたわ。まあ、そういうのって大体誇張されてるのよね。きっと、試しにやってみても何も起こらないわよ。えーい！　……なーんて」

レクシアが冗談混じりにサハルの宝剣を掲げた瞬間、剣が眩《まばゆ》く輝いたかと思うと、辺りを覆っていた霧が一気に晴れた。

「えええええええええ!?」

「き、霧が晴れたの！」

レクシアは抜けるような青空をきょとんと見上げていたが、自分が霧を晴らしたことに気付くと意気揚々と胸を張った。

「ほら、さすが私ね！」

「いやお前、何も起こらないとか言ってただろ」

「でもできないとは言ってないわ！　これで服も乾くし、ちょうど良かったわね！　便利なものはどんどん使わないともったいないもの、ほら、あんな風に」

レクシアは、少し離れた所にある肉を示した。

「……あれ？　あのお肉……凍ってませんか？」

ティトが首を傾《かし》げる通り、肉はかちかちに凍っていた。

そしてよく見るとその肉が載っているのは、ロメール帝国の至宝、六花《りっか》の盾であった。

「そう、さっき試してみたんだけど、六花の盾って食材を冷凍することもできるのよ！

すっごく便利ね！」

「国宝で肉を凍らせたのか⁉」

「特別な精霊の力が宿るという盾が、お肉の下敷きに……！」

「まさかこんな使われ方をするなんて、精霊も戸惑ってると思うの……！」

そうこうする内に、晴れ渡った空の下、昼食が完成した。

湖畔で暖かな日差しを浴びながら、できたての昼食に舌鼓《したつづみ》を打つ。

「このスープ、とっても熱いのでふーふーしてあげますね！　ふぅ、ふぅ」

「あ、あの、ティトさん、そんなに心配しなくて大丈夫なの」

「でも、火傷《やけど》したら大変ですから！」

「ふふ、ティトってばお姉ちゃんみたいね！」

「ふう、ふぅ。はい、どうぞ！」

「あ、ありがとうなの。はむ……んー！　とってもおいしいの……！」

「シャオリン、口元についてるぞ。取ってやろう」

「ふぁ、あ、ありがとうなの……！」

「ん？　顔が赤いな……もしや、水に濡《ぬ》れたせいで風邪でも引いたんじゃ……」

「だ、だだだ大丈夫なのっ！」

「ねえルナ、私もこのあたりに何かついてないっ？」

「ほら、鏡をやるから自分で見ろ」

「なんでよー⁉」

青空の下に、楽しげな声が響き渡る。

「それにしても、次はどんな試練なのかしら。楽しみね！」

わくわくと声を弾ませるレクシアを、シャオリンが尊敬の目で見つめた。

「レクシアさんはすごいの。いつでも前向きで、どんな状況でも乗り越えて……それに比べてわたしは……」

シャオリンは膝を抱えて目を伏せる。

「ごめんなさい。わたしが龍力を使えたら、もっと簡単に試練をクリアできたはずなの……レクシアさんたちに迷惑を掛けることもなかったのに……」

「あら、ちっとも迷惑なんかじゃないわ。むしろ刺激があった方が楽しいもの！」

「そうです！　シャオリンさんと冒険ができて、とっても嬉《うれ》しいです！」

「ああ。シャオリンはよくがんばってるさ。家庭教師として誇らしいぞ」

「……ありがとうなの」

シャオリンが笑い、レクシアがふと口を開く。

「でも、もしユウヤ様がいたら、龍力もあっさり習得していたかもしれないわね！」

「あいつは規格外だから、参考にはならなさそうだがな」

「ユウヤさんって、そんなにすごいの？」

驚くシャオリンに、ルナが頷《うなず》いた。

「ああ。私たちが知らない間にどんどん強くなって、会う度に見たこともない力を身に付けているんだ」

「きっとこうしている今も、とんでもない強敵を倒したり、困っている誰かを助けてるはずだわ！　私もユウヤ様に相応《ふさわ》しい伴侶になれるように、がんばらなくちゃ！」

「えっ！　レクシアさんは、そのユウヤさんっていう人と正式に婚約してるの⁉」

「そうよ！」

「堂々と嘘《うそ》を吐《つ》くな！」

「あら、嘘じゃないわよ。ユウヤ様と一番に結婚するのは私だもの」

「勝手に決めるんじゃない……！」

「ふふ。レクシアさんは、ユウヤさんのことが本当に好きなのね」

シャオリンの言葉に、レクシアは昼食を食べることも忘れて力説した。

「ユウヤ様は、世界で一番優しくて強くてかっこいいのよ！　会った瞬間に、全身にビビビッ！　って電流が巡って、世界がきらきら！　ってなって、ばーん！　どかーん！　って一目惚《ひとめぼ》れしちゃったの！」

「どういうことだ……？」

「伝わるような伝わらないような……!?」

「ふふ。わたしもいつか、そんな人に出会ってみたいの」

こうして四人はたき火を囲みながら、楽しいひとときを過ごしたのだった。

第五章　覚醒

「ここが深淵《しんえん》の森……」

深い森の奥を見つめて、ティトがごくりと喉を鳴らす。

一行は皇子たちの痕跡を辿《たど》って、【深淵の森】の入り口に立っていた。

森は暗くうっそうとしており、どこからかギャアギャアと不気味な鳴き声が響く。

「第二の試練は、この森で『不老不死の秘薬』を作れということだが……肝心の材料や作り方が分からないな」

「わたしが龍力さえ使えれば、巻物に手がかりが浮かび上がると思うのだけど……」

「大丈夫よ、その辺の草とかキノコを適当に煮込んだらそれっぽくなるんじゃない⁉」

「絶対にやめろ。そしてその不気味な木の実を捨てるんだ」

「それにしても、本当に不老不死の秘薬なんてあったら、いろんな国が喉から手が出るくらい欲しがりそうですね……？」

ティトが不思議がる通り、歴史上、不老不死を求めた金満家や権力者は数多いが、ついぞ誰かが手に入れたという記録はない。

レクシアは意気揚々と森の奥を指さした。

「とにかく、ここでこうしていても仕方ないわ！　他の皇子様が作り方を知ってるかもしれないし、まずは他の皇子様たちの動向を探りましょう！」

＊＊＊

皇子たちの気配を追って、それらしい素材がないか注意を払いつつ、森に入る。

レクシアはふと、傍《かたわ》らの木に目を留めた。

「この木の枝、おもしろい形してるわね。もしかしたら特別な素材なのかも……？」

レクシアが手を伸ばした時、枝がぐねりと動いた。

たちまちトカゲの姿となって牙を剝《む》き、レクシアに飛び掛かる。

「ギシャアアアアアッ！」

「きゃっ！」

「『桎梏《しっこく》』！」

ルナが振り向きざまに糸を放った。

強靱《きょうじん》な糸がトカゲに巻き付き、そのままねじ切る。

「ギャギャ、ギャ……」

「今のは【シャドウ・リザード】だな」

「木に擬態してたのね……！」

胸をなで下ろしたのも束《つか》の間《ま》、周囲に無数の気配が生じていた。

「グルルル……」

木々の奥から、無数の目が不気味に光る。

四人は気がつくと、狼《おおかみ》のような姿をした魔物の群れに囲まれていた。

「あ、あ……いつの間に、こんなに……！」

「どうやらこの森は、魔物の住処《すみか》になっているみたいですね……！」

「ああ。しかもこの殺気、よほど飢えていると見えるな」

「どうしよう、こんな大きな群れ……それに、こんなに魔物が溢《あふ》れていたら、近いうちに近隣の村にも被害が出るの……！」

増えすぎた魔物は、冒険者が討伐したり、『聖《せい》』が定期的に間引くのだが、森が深すぎて手が行き届いていないようであった。

するとレクシアが朗らかに口を開いた。

「ちょうどいいわ、ついでにやっつけちゃいましょう！」

「えっ!?　この数の魔物を……!?」

「心配するな、すぐに片付けるさ」

「はい、いい運動です！」

「グオオオオ！」

四人は、恐ろしい咆哮《ほうこう》を上げる魔物の群れと相対した。

「『監獄』！」

「【爪穿弾《そうせんだん》】！」

「グガアアアアアッ!?」

ルナとティトが技を使う度に、強大な魔物たちが倒されていく。

シャオリンはその様子を見ながら、胸を高鳴らせた。

「ふ、二人ともさすがなの……！　わたしもがんばらなくちゃ……！」

双剣を構え、目の前の敵に相対する。

「グルルル……ガアアアアアッ！」

「えいっ！」

狼が飛び掛かると同時に、シャオリンも地を蹴った。

狼の横を駆け抜けざま、剣を払う。

「グオオオオオオオ……！」

首を落とされて、狼が絶命する。

それを見届ける暇もなく、シャオリンはさらに奥にいる魔物へと肉薄した。

「やあっ！」

「グルアアアアアッ⁉」

研ぎ澄まされた剣技の前に、魔物たちが次々と倒れていく。

「すごいわ、シャオリン様！　あんなに強い魔物をどんどん倒していくわ！」

「筋が良《い》いとは思っていたが、まさかこれほど上達するとはな」

「双剣を自在に操っていて、かっこいいです！」

シャオリンはその後も奮戦し、四人の活躍によって狼の群れは一掃された。

「はぁ、はぁっ、やったの……！」

シャオリンは息を切らせながら、額の汗を拭う。

夢中で戦っている内に、気付けばレクシアたちから離れてしまっていた。

「いけない、早く戻らなきゃなの……！」

慌てて駆け戻ろうとした、その時。

「グオオオオオッ！」

「⁉」

シャオリンのすぐ横で、空を破るような雄叫《おたけ》びが上がった。

遠くで気付いたルナが、驚愕《きょうがく》の声を上げる。

「【ブラッディ・ベアー】⁉」

「ガアアアアアアッ！」

巨大な熊は太い腕を振り上げる。

シャオリンは咄嗟《とっさ》に構えたが、度重なる戦闘で疲弊していたこともあり、一瞬にして剣を弾《はじ》き飛ばされた。

「きゃ……！」

「グオオオアアアアアッ！」

剣を失ったシャオリンに向かって、ブラッディ・ベアーが腕を振り上げる。

「きゃあああっ！」

「シャオリンさんっ！」

ルナとティトが駆けつけようとした、その時。

「──『滅魔』」

コォォオォォオ……ドオオオオオンッ！

黒い球体が飛来したかと思うと爆発し、ブラッディ・ベアーを吹き飛ばした。

「ゴア、ア、ア、ア……」

「なっ⁉」

「い、今のは……魔法……⁉」

「こんなでたらめな威力の魔法、見たこともないぞ⁉　一体誰が……！」

強大な魔物が跡形もなく消し飛んだ後。

「まったく、やけに騒がしいと思えば……なぜこんな危険な所に人がいるんだ？」

繁《しげ》みを鳴らしながら現れたのは、長髪の男性だった。

男性は、シャオリンの元に駆けつけたレクシアたちを見て、目を眇《すが》める。

「ん？　お前たちは……」

「お……オーディス様⁉」

思いがけない人物との再会に、レクシアとルナが声を裏返した。

ティトが戸惑いながら双方を見比べる。

「えっ？　えっ？　レクシアさんとルナさんのお知り合いですか？」

「あ、ああ」

「オーディス様は、魔法の頂点を極めた『魔聖《ませい》』様なのよ！」

「「え、えええええええ!?」」

「騒ぐな」

ティトとシャオリンの絶叫に、『魔聖』――オーディスはうんざりとした声を漏らした。

眼鏡の奥にみえる緑の瞳は、鋭くも果てのない叡智《えいち》を湛《たた》え、長い金髪からはエルフの特徴である長く尖《とが》った耳が覗《のぞ》いている。

眉間には皺《しわ》が寄り、どこか気難しそうな雰囲気が漂っていた。

「どこかで見た顔だと思ったら、ウサギの弟子の知り合いか。なぜこんな所に……」

怪訝《けげん》そうなオーディスに、シャオリンが頭を下げる。

「あ、あの、助けてくださって、ありがとうございました……！」

「礼を言われることではない。目の前で喰《く》われたのでは、寝覚めが悪いからな」

「オーディス様がここに居るってことは、もしかして……」

レクシアの言葉半ばに、オーディスの背後の繁みががさがさと鳴った。

二人の少女がひょっこりと顔を出す。

「わあ、久しぶりだね？」

「久しぶりだねー！」

そっくりな二人組を見て、ティトが目を見開く。

「こ、この方々は一体……？」

「オーディス様のお弟子さんよ！」

「ま、『魔聖』様のお弟子さん!?　あわわわ、初めまして、ティトと申します！　あの、私、『爪聖《そうせい》』の弟子でっ……！」

「わあ、そうなんだ！　私はルリだよ、よろしくね？」

「弟子仲間だね！　私はリルだよ、よろしくね！」

「はいっ、よろしくお願いします！」

シャオリンが目を丸くしながら、ルリとリルを見比べる。

「こ、こんな可愛《かわい》い女の子たちが、『魔聖』様のお弟子さんなの……？　えっと、あなたたちは、双子、なの？」

「うん、そうだよ？」

「そうだよー！」

ルリとリルは緑の髪をサイドテールにし、それぞれ反対側を結んでいるが、それ以外は瓜二つ《うりふた》であった。大きな瞳や整った顔立ちは人形のように愛らしく、無邪気な笑顔が人懐《ひとなつ》っこそうな印象を与える。

可憐《かれん》な外見からは想像もつかないが、『魔聖』の弟子としての実力は確かで、すでに一流の宮廷魔術師を遥《はる》かに凌《しの》いでいた。

ルナは予想外の再会に驚きつつ、感嘆の声を漏らした。

「それにしても、ブラッディ・ベアーをあっさり吹き飛ばすとは、さすがは『魔聖』様……」

オーディスがうろんげに眼鏡を押し上げる。

「それよりもだ。お前たちは確かアルセリア王国の王女と、その護衛だろう。なぜこんな辺鄙《へんぴ》で危険な森にいる？」

「ええと、実は……」

レクシアはこれまでの経緯をかいつまんで説明した。

「なっ⁉　一国の王女が、世界を救う旅に出た……⁉　しかも、リアンシ皇国の皇位継承戦に挑んでいる最中だと⁉」

「わあ、ちょっと予想外だね？」

「うん、かなり規格外だねー！」

ルリとリルも目を丸くしている。

オーディスが眉間のしわを深くした。

「なるほど、それでこんな危険な森にいるというわけか、酔狂なことだ。……しかし、アルセリア王国の第一王女に、凄腕《すごうで》暗殺者である【首狩り】、『爪聖』の弟子に、リアンシ皇国の皇女が、そろって危険な旅の真っ最中だと……？　一体どうなってるんだ、ウサギの知り合いはこんな型破りで突拍子もない奴《やつ》らばかりなのか……？」

さすがのオーディスも、驚きを禁じ得ないようであった。

額を押さえているオーディスに、レクシアが首を傾《かし》げた。

「オーディス様は、なぜこの森に？」

オーディスは魔法の研究のため、普段は希少な植物が自生する【天山】に籠もっており、生来の人嫌いな性格も相まって、あまり外に出ることがない。

オーディスは緑の瞳で、深淵《しんえん》の森を見渡した。

「私も『不老不死の秘薬』の材料を求めてきたのだ。ここには【天山】にもない希少な薬草があるからな」

「えっ！　それじゃあオーディス様は、不老不死の薬の作り方をご存じなのね⁉」

「まあな。というか、逆になぜお前たちは知らないんだ？　薬を作れという試練を与えられたのであれば、作り方が提示されているのではないか？」

「……それが……」

シャオリンが力なく俯《うつむ》く。

何か事情があるらしいと悟ったオーディスは、ため息を吐《つ》きつつ頷《うなず》いた。

「……まあいいだろう、材料と作り方は教えてやる。その代わり、こちらの分も一緒に作ってもらうぞ」

「！　ありがとうございます！」

「師匠、横着する気だね？」

「横着する気だねー！」

「うるさいぞ、お前たち」

オーディスは普段は研究のために引きこもっていることもあり体力に自信がなく、素材を探して森を歩き回るのは面倒に感じていたため、同じ秘薬を求めているレクシアたちの登場は渡りに船であった。

「もちろん、オーディス様たちの分も張り切って作らせてもらうわ！」

「よろしくお願いします、なの……！」

「では、私は薬作りの準備を始める。お前たち、あとは頼んだ」

荷物を下ろして拠点を構え始めるオーディスに代わって、ルリとリルが手を挙げた。

「はーい！　私たちと一緒に材料を探そうね？」

「探そうねー！」

「ありがとう、とっても助かるわ！　それじゃあ、秘薬の素材探しに出発よ！」

「……しかし、リアンシ皇国の後継者争いとは……一国の王女が、厄介事に首を突っ込んだものだな」

オーディスは呆《あき》れたように呟《つぶや》いていたが、ふとシャオリンを呼び止めた。

「ん？　待て。シャオリンと言ったか……お前、魔力の代わりに、赤い力が全身を流れているな？」

「あ、赤い力……？」

思わぬ言葉にシャオリンが戸惑い、レクシアが食いついた。

「それってもしかして龍力じゃない⁉」

「え？　で、でも、龍力なら橙華色《とうかいろ》のはずなの……」

オーディスが興味深そうに顎をさする。

「なるほど、龍力か。確か、この国の皇帝家に伝わる、独自の力だったな」

「はい。でも、わたしは龍力が使えないんです。……きっとわたしの身体《からだ》には、龍力がなくて……」

「ん？　何を言っている？　お前には龍力がないわけではなく、外に出せないだけで、むしろ膨大な力を秘《ひ》めているぞ」

「ええっ⁉」

「先祖返りとでも言うべきか、密度も量も凄《すさ》まじい。まさに力の源泉だ」

「わ、わたしに、そんな膨大な龍力が……⁉」

シャオリンが信じがたいように目を見開き、レクシアたちが顔を輝かせる。

「私が思った通りだわ！　やっぱりシャオリン様は初代皇帝様のように、立派な皇帝になる器なのよ！」

「シャオリンがそんな力を秘めていたとは……」

「すごいです、シャオリンさん！」

シャオリンが戸惑う。

「そ、そんなはずないの……だって、今までずっとがんばってきて、レクシアさんたちにも鍛えてもらったのに、少しも使えなかったの……」

するとオーディスが何でもないことのように言い放った。

「それは、お前の体内に巣くった蟲のせいだ」

「え⁉　む、蟲《むし》……⁉」

「ああ、呪いの蟲だ。お前の中で膨大な龍力が生み出されているにもかかわらず、身の内に潜んだその蟲に喰《く》い荒らされている。そのせいで、龍力が発現できないのだ」

「しゃ、シャオリンさんの中でそんなことが……⁉」

ティトたちが息を呑《の》み、シャオリンも呆然《ぼうぜん》と胸を押さえた。

「そんな……呪いの蟲なんて、一体どうして……」

「お前を疎《うと》ましく思っている誰かが呑ませたのだろう、それ以外に考えられん。……いや、あるいは……――」

オーディスが言葉半ばに考え込む。

「誰かがわたしに、呪いの蟲を呑ませた……？　一体誰が……」

青ざめるシャオリンを見て、ルナが元気づけるように口を開いた。

「ひとまず龍力が使えない原因が分かったな。対処法は分からないまでも、一歩前進だ」

「ええ！　今はとにかく、試練に集中しましょう！　試練の儀が終わったら、犯人を突き止めてとっちめてやるんだから！」

「はい！　犯人に蟲のやっつけ方を聞き出して、シャオリンさんの龍力を取り戻しましょう！」

俄然《がぜん》勢いづくレクシアたちを、オーディスが呼び止めた。

「待て。その試練の儀とやら、本来ならば龍力が使えなければ乗り越えられない仕組みになっているのだろう？」

「は、はい」

「……他人の面倒を見るような性分ではないが……力を喰らう呪いなど不愉快極まりない。

それに、私も龍力には興味がある」

その言葉に、レクシアたちが期待に満ちたまなざしを送る。

「オーディス様、もしかして……」

オーディスは浅く息を吐きつつも頷いた。

「その呪いの蟲、特別に祓《はら》ってやろう」

「！　あ、ありがとうございます……！」

「ただし、長い間膨大な龍力を喰らって育った呪いだ。多少の苦痛は覚悟しておけ」

「は、はい……！」

緊張したように頷くシャオリンの手を、レクシアたちが握る。

「秘薬の素材集めは、私たちに任せて！　がんばってね！」

「辛《つら》くなったら、修行を思い出せ。多少は心身が鍛えられているはずだ」

「シャオリンさんなら大丈夫です！　自分を信じてください！」

「うん……！」

シャオリンは、強い光を宿した瞳で頷いたのだった。

＊＊＊

「それでは、蟲祓いの儀式を始めるぞ」

緊張した様子で立っているシャオリンに、オーディスは静かに語りかけた。

「まずは目を閉じて、意識を研ぎ澄ませろ。力の流れを感じるのだ」

「はい……！」

シャオリンは言われた通りに目を閉じる。

ルナやティトに教わったことを思い出しながら意識を集中させると、オーディスが驚いたように呟いた。

「む……なかなか勘が良《い》いな」

『魔聖《ませい》』であるオーディスの目には、シャオリンの身体に流れる力が視《み》えていた。

通常、魔力は心臓から生み出され、魔力回路によって全身へ巡っている。そして龍力も同じ仕組みのようだった。

シャオリンの心臓の辺りに赤い光が渦巻き、シャオリンが呼吸をするにつれ、輝きが強くなっていく。

オーディスの目から見てもその龍力は量も質も桁はずれで、さらにシャオリンはレクシアたちと重ねた修行によって、力を操作する方法も無意識のうちに会得《えとく》していたのだった。

しかし。

《ギギ、ギ、ギィ……》

赤い輝きの中に、黒い染《し》みがじわりと浮かび上がった。

黒い染みは芋虫のような形になると、あっという間に赤い光を喰い荒らす。

《ギギ、ギャギャギャ……！》

「（この量の力を、一瞬で喰い尽くすか……なかなか厄介だな）」

オーディスは黒い蟲に鋭い視線を縫い止めつつ、シャオリンに告げた。

「まずはこいつをお前の中から引きずり出す。気を失うなよ」

「は、はいっ……！」

蟲に手をかざし、魔力を流し込む。

すると蟲が絶叫を上げてのたうち、シャオリンの顔が苦しげに歪《ゆが》んだ。

《キギャ、ギャ……！》

「く、ぅっ……！」

「（かなり強力な呪いだな。普通なら失神しているが……この皇女、幼いながらに心身の保ち方を心得ている。一流の冒険者でもなかなか会得できるものではないが、一体どこで鍛えたのだ？）」

「はぁっ、はぁっ……！」

シャオリンは汗を滲《にじ》ませながらも、精神を集中して苦痛に耐える。

レクシアたちと重ねた特訓が、ここでも実を結んでいた。

《ギギィィィッ！》

オーディスが魔力を流し込むにつれ、蟲が激しく悶《もだ》え――

「仕上げだ――はっ！」

《ギギィ、ギギ、ギィィイイ！》

オーディスが力を込めると同時、黒い霞《かすみ》がぶわりとシャオリンの身体から抜け出た。

「あ……」

シャオリンがその場に頽《くずお》れる。

膨大な龍力を喰らい続けた蟲は、宿主から抜け出たことで、みるみる巨大化した。

《ギギィィイイッ！》

蟲は膨れあがった全身から黒い霞を噴き出し、憤怒《ふんぬ》の叫びを上げる。巨大な口には、おびただしい数の牙がびっしりと並んでいた。

「あ、あ……」

「姿を現したか。こいつは『気喰蟲』といってな、宿主の魔力などを糧《かて》にして成長する。お前の龍力が規格外だったから、こいつも桁違いに強大化したのだろう」

蟲は牙の並んだ口をがぱりと開くと、オーディスとシャオリンに襲いかかってきた。

《ギシャアアアアアッ！》

「きゃあああああっ！」

「ふん。多少は力を蓄えたようだが、所詮は借り物。貴様ごとき、私の敵ではない」

オーディスは小さな黒い球体を形作ると、蟲の口内目がけて放った。


「爆《は》ぜろ」


黒球を蟲の体内に送り込むと同時に、指を鳴らす。

蟲の内部で凄まじい爆発が巻き起こり、幾重にも爆ぜた。

《ギギィィイイイッ⁉》

龍力を喰らって強大化した蟲が、内側から跡形もなく消し飛ぶ。

《ギギ、ギ、ギ……》

「はぁっ、はぁっ……！　す、すごいの……これが『魔聖』様の力……！」

シャオリンはオーディスの実力を目の当《ま》たりにして呆然としていたが、はっと両手を見下ろした。

「身体《からだ》がすごく軽いの……それに、この光は……」

双剣の修行で豆だらけになった手を、赤い光がヴェールのように覆っていた。

オーディスが手を払いながら頷《うなず》く。

「それが、お前の龍力の一端だ」

「こ、これが、わたしの龍力……！」

「まだ本来の力を取り戻したばかりで、最大限は発揮できないだろうが、力が馴染《なじ》めば自在に操ることができるだろう。あとはとにかく使いながら慣れることだ」

「は、はいっ、ありがとうございます……！」

シャオリンは涙ぐみながら頭を下げた。

その時。

「きゃあああああっ！」

森の奥から悲鳴が響いた。

「ん？」

「⁉　あの声は……！」

「あっ、待て！　おい！」

走り出すシャオリンを、オーディスは慌てて追いかけたのだった。

＊＊＊

時は少し戻って、シャオリンが解呪の処置を受けている間、レクシアたちは秘薬の材料を手に入れるべく、森に繰り出していた。

「まずは、【紅玉蔦】だね？」

「うん。【紅玉蔦】だね！」

「【紅玉蔦】は真っ赤な蔦で、この森にしか生息しない希少な植物なんだよね？」

「うん。採取専門の冒険者でも、なかなか見つけられないいんだよね！」

「分かったわ、真っ赤な蔦ね！」

ルリとリルの知識を借りながら、材料を探す。

しばらくして、レクシアが頭上を指さした。

「あっ、見て！　あれ……あの魔物が持ってるの、紅玉蔦じゃない!?」

「え？」

見上げると、木の上に鳥の巣があり、雛《ひな》たちが空腹を訴えてぴいぴいと鳴いていた。

花びらのような翼を持つ親鳥が、真紅の蔦をくちばしでつついて巣に編み込んでいる。

「わあ、紅玉蔦が巣の材料にされてるね？」

「うん、巣の材料にされてるね！」

「あの魔物は【フラワー・ウイング】だな。警戒心が強く、特に子育ての時期は凶暴になる。刺激しないように注意が必要だ」

「あれ？　巣がぼろぼろですね……嵐でもあったんでしょうか？」

ティトが首を傾《かし》げる通り、巣にはところどころ穴が開いていた。

親鳥が、紅玉蔦を使ってその穴を必死に直そうとしている。

ルリとリルが手を打つ。

「そういえば、みんなと会う前に、この辺りで変な人を見たよ？」

「うん、変な人を見たね！」

「変な人？」

「そう。橙色《だいだいいろ》の大きな腕で繁《しげ》みや枝を切り払って、何かを探してるみたいだったよ？」

「うん、ちょうどこの辺りだったよ」

ルナが納得したように頷く。

「龍力の腕……とすると、ルーウォン皇子か」

「ルーウォン皇子が、素材を探してあの子たちの巣を傷付けたんだわ！」

「ピイイイイッ！」

親鳥はレクシアたちに気付くと、警戒の鳴き声を上げた。

「とっても怒ってるみたいだね？」

「うん。人間に巣を傷付けられて、怒ってるんだね」

「残念ですが、別の蔦を探した方がよさそうですね……」

　ぺしょりと猫耳を伏せるティトを、レクシアが遮る。

「待って、私に考えがあるわ！」

「えっ？」

「要は、あの子たちにとって蔦が必要なくなればいいんでしょ？　何より、困っている子を放っておけないもの！」

「ピイイイイイイッ！」

　今にも襲いかかってきそうな親鳥に向かって、レクシアが声を上げる。

「酷《ひど》いことをしてごめんね！　でも、私たちはあなたと仲良くなりたいの！　ってわけで、ルナ、お願い！」

「やれやれ、そうくると思った。――『傀儡《かいらい》』！」

　ルナは巣に向けて糸を放った。

　糸を巧みに操って、周囲にあった枝や葉を頑丈に組み上げ、小さなお城のように豪華な巣を完成させる。

「ピ⁉」

「ふう。これで多少のことでは壊れないだろう」

「巣を作るために技を使ったね⁉」

「うん、巣がお城みたいになったね⁉」

「ルナさん、すごいです！　雛さんも喜んでます！」

「ピー！」

お城のような巣の中で、雛たちが嬉《うれ》しそうに鳴く。

「ふふ、良かったわ。そうだ！　これ、みかんっていう特別な果物なの。とってもおいしいのよ」

「ピィ……？」

親鳥は舞い降りると、レクシアの手からみかんを受け取り、巣へ運んだ。

瑞々《みずみず》しい果実を、雛たちが大喜びで啄《ついば》む。

「ピイピイピイ！」

「ふふっ、喜んでもらえたみたいね」

すると親鳥は軽やかに舞い上がり、巣の近くにあった木の実や葉っぱ、枝などを掻《か》き集めて運んできた。

「ピィ～！」

「わ、わ！　巣作りの材料や、木の実を持ってきてくれました！」

「巣を直したことと、みかんのお礼ということだろうか？」

「まあ、ありがとう！　それじゃあ、これだけもらうわね！」

レクシアが紅玉蔦を受け取ると、親鳥は一声鳴いて巣に戻った。

「ピイピイピイ！」

嬉しそうに大合唱する親子に手を振る。

「ふふ、元気でね！」

「わあ、こんなにあっさり【紅玉蔦】を手に入れちゃうなんて、すごいね？」

「うん、それに魔物と仲良くなっちゃうなんて、すごいね！」

こうして紅玉蔦を手に入れた一行は、次なる材料集めに取りかかった。

「次は、【猫酔茸】だね？」

「うん、【猫酔茸】だね！」

「猫酔茸？」

「この森にしか生えない、特別なキノコなんだよね？」

「うん。耳が生えてるみたいな形をした、変わったキノコなんだよね」

「でも、他の植物に擬態する性質があって、見分けるのが難しいんだよね？」

「うん。採取したら、本来の姿に戻るんだよね」

「他の植物に擬態する……そんなキノコがあるのか」

「知らないことばっかりでおもしろいわね！」

五人はそれらしき植物を採っては確認するが、なかなか見つからなかった。

「うーん、ないですね」

「擬態能力が厄介だな。周辺をしらみつぶしに採取して確認するしかないのか……」

「ねえ、これは⁉」

レクシアが高々と掲げているのは、極彩色に発光するキノコだった。

「全然違うだろう」

「でも、こんなに派手な見た目なんだもの、何か特別な効果があるかもしれないわ！」

「いいから捨てるんだ。間違っても食べたりするなよ……ほら、早く手放せ、すぐに捨てるんだ、捨て……捨てろと言っているだろう！」

「あっ、ルナってば、なにするのよ⁉　強引に捨てるなんてーっ！」

「んー、見つからないね？」

「見つからないねー」

「……ん？」

その時、ルナはティトがふらふらとどこかへ歩いて行くのに気付いた。

「ティト、どうした？　そっちは石だらけで、キノコはなさそうだが……」

「あ、あの、なんだか、こっちからいいにおいがして……」

ティトの足取りはおぼつかなく、声もふわふわしている。

「様子がおかしいな、追うぞ」

「ティト、待って、どこに行くのっ？」

慌ててティトを追いかける。

ティトは小石が集まっている一角に着くと、突然ころんと転がった。

「ふにゃぁ……」

「ティト⁉　一体どうしちゃったの⁉」

「にゃぁ、うにゃぁぁん」

ティトは喉をごろごろと鳴らしながら、小石に頬を擦《こす》りつける。

そのとろけた表情を見て、ルリとリルが手を打った。

「そういえば、猫酔茸にはまたたびみたいな効果があるって、師匠が言ってたね？」

「うん、言ってたね！」

「ということは、もしや……」

ルナが、ティトの近くの石を採取する。

　すると、石がみるみるキノコの形になった。

「猫酔茸だわ！」

「わあ、石にも擬態できるなんて、初めて知ったね？」

「うん、大発見だね！」

「どうりで見つからないわけだ」

「すごいわティト、お手柄よ！」

「にゃ？」

　その付近を探すと、あっという間にかごいっぱいの猫酔茸が採取できた。

「これだけあれば十分だね？」

「うん、十分だね！」

「ティトのおかげで、こんなにたくさん手に入ったわ！」

　レクシアに撫《な》でられて、ティトが嬉しそうに頬をすり寄せる。

「んにゃぁ～、ごろごろごろ……」

「ふふっ、ティトったら、いつも可愛《かわい》いけどますます可愛いわ！」

「まったくもって同感だが、そろそろ正気に返らせてやろう」

　リフレッシュ効果のあるお香を嗅がせると、ティトははっと我に返った。

レクシアに抱きついて甘えている体勢に気付いて真っ赤になる。

「は、はわわわわ～⁉　わ、私は一体何を……⁉　すみませんすみませんっ！」

「いいのよ、むしろもっと甘えてくれていいのよ！　とっても可愛いもの！」

「いえ、あの、な、なんでこんなことに⁉　恥ずかしいです～～……っ！」

ティトはうなじまで赤くなったまま乱れた服を直していたが、かごに盛られた猫酔茸を見て目を丸くした。

「あれっ、それ、猫酔茸ですか⁉　すごいです、いつの間にそんなに集めたんですか⁉」

「ふふ、内緒よ」

「？？？」

レクシアにいたずらっぽい笑みを向けられて、ティトは首を傾《かし》げるのだった。

「さあ、この調子で、どんどん集めるわよ！」

その後も一行は、危険な森で次々と希少な材料を揃《そろ》えていった。

ルリとリルが目を丸くする。

「あっという間にほとんど材料が集まったよ？　すごいね？」

「すごいねー！」

「そう言うルリとリルも、さっきから凶悪な魔物を吹き飛ばしまくっているんだが……」

レクシアたちが材料集めに夢中になっている間、ルリとリルは襲ってくる魔物を魔法で退けていたのだ。

防御、攻撃ともに最高峰の魔法を目の当《ま》たりにして、ティトが驚く。

「さすがは『魔聖《ませい》』様のお弟子さんたち、すごいです……！」

「師匠には、二人でようやく一人前だって言われるよ？」

「うん、まだまだだって言われるよねー！」

「とてもそうは見えないんだが……」

「オーディス様、叱咤《しった》して伸ばす方針なのかしら？」

ルリとリルが図鑑に目を落とす。

「残るは、【澄水花】と【極光粉】だよ？」

「【澄水花】と【極光粉】だね！」

「澄水花は、水中に咲く花だよ？」

「澄んだ水の中でしか咲かない花で、すごく希少なんだよね！」

「それに、極光粉の入手方法は、さらに難しいんだよね？」

「うん、何もかもが謎に包まれていて、手がかりがないんだよね！」

二人の説明を聞いて、ルナが難しい顔で腕を組む。

「『魔聖』の弟子の知識を以《もっ》てしても手がかりなしか。難航しそうだな」

「さすがは不老不死の薬ですね、材料を集めるだけでも高難易度です……」

レクシアが元気に声を上げた。

「悩んでいてもはじまらないわ！　先に澄水花を探しましょう！」

「ああ。まずは水場を探さなくてはな」

「こっちから水の気配がします！」

ティトを先頭に森を進むと、小さな池が現れた。

五人は水面を覗《のぞ》き込み――

「あったわ！」

レクシアが示す先、たしかに水中に澄水花らしき花があった。

しかし。

「水が濁っちゃっていますね……」

池の水は泥で濁り、花は萎《しぼ》んでいた。

池の底についた足跡を見て、ルナが眉を顰《ひそ》める。

「どうやら他の皇位後継者の誰かが池を渡って、水を濁したようだな」

「澄水花は、花が咲いている状態で採取しないと使えないんだよね？　困ったね？」

「うん、困ったね。水が綺麗《きれい》になれば、復活すると思うけど……」

「こんなに濁っていると、水がきれいになるまで時間が掛かりそうですね……」

「う〜ん、何かいい方法はないかしら？」

レクシアが身を乗り出す。

「おい、そんなに覗き込むと落ちるぞ」

「大丈夫よ、そんなへまはしないわ！　──あっ！」

レクシアの懐《ふところ》から何かが滑り出て、ぽちゃりと池に落ちた。

「サハルの宝剣を落としちゃったわ。てへ」

「レクシア──────！」

すると眩《まばゆ》い光が波紋のように広がり、途端に水が澄み渡った。

「えええええ!?　に、濁っていた水がきれいになりましたっ！」

「なっ!?　サハルの宝剣はこんなことまでできるのか!?」

驚くティトとルナの隣で、レクシアが肩をそびやかす。

「ふふ、私が思った通りね！　雲や霧を晴らすことができるんだから、濁った水だってきれいにできるに決まってるじゃない！」

「いや、明らかに落としただけだろう」

「す、すごいです、サハル王国の国王様だって、こんな効果があるなんて一言も言っていなかったのに……！」

ルナが糸で引き上げた宝剣を見て、ルリとリルも驚きつつ口を開く。

「わあ！　確かに宝剣そのものもすごいけど……もしかしてレクシアさん、何か特殊な力や魔力を持ってたりするのかな？」

「うん、レクシアさんの魔力で効果が増幅されて、本来以上の性能を引き出してるみたいだね！」

「えっ、そうなの？　じゃあ、六花《りっか》の盾で湖を凍らせられたのも、私の魔力が関係しているのかしら？」

レクシアが首を傾げた時、池を覗き込んだティトが明るい声を上げた。

「見てください、澄水花が咲きました！」

池にそっと手を入れ、慎重に採取する。

レクシアが水色に透き通る花を高々と掲げた。

「澄水花を手に入れたわ！」

「やりましたね！」

「サハルの宝剣のおかげで、存外簡単に手に入ったな」

「残るは極光粉だね？」

「うん、極光粉だね！」

「すべてが謎に包まれているという粉か」

「粉っていうことは、何かの花の花粉とかでしょうか……？」

五人が極光粉を探しに乗り出そうとした、その時。

キュインッ！

「！　レクシア、伏せろ！」

「きゃっ⁉」

ルナがレクシアを伏せさせる。

その頭上を、橙華色《とうかいろ》の光線が掠《かす》めた。

「あら、よく避《よ》けたわねェ？」

木々の間から現れたのは、従者を引きつれたユエであった。

「ユエ皇女……！」

「ふん、見てたわよ。そこの双子、ずいぶん秘薬について詳しいようね？　神聖な試練の儀に、そんな優秀な助力を得るなんて卑怯《ひきょう》だわ。ここで勝負しなさい、私が懲らしめてあげるわ！」

どうやら従者に偵察させていたらしい。

レクシアたちは、傲然と腕を組んでいるユエを睨《にら》んだ。

「もっともらしいことを言っているが、あわよくば素材を横取りしようというつもりだろうな」

「卑怯なのはどっちよ！」

「そうはさせません！」

しかし身構えるレクシアたちの前に、ルリとリルが進み出た。

「ルリさん、リルさん？」

「ここは私たちに任せて？」

「さっきの力――龍力、だっけ？　少し特殊みたいだからね」

「見た感じ、魔力と似てるけどちょっと違うみたいだし、気になるもんね？」

「うん、すごく気になるもんね！」

「さすがは『魔聖』様の弟子、師匠譲りの研究肌だな」

ユエが忌々《いまいま》しげに口を歪《ゆが》める。

「ふん、私に楯突《たてつ》いたこと後悔させてあげるわ！　やってしまいなさい、あんたたち！」

「ハッ！」

ユエの合図と共に、三人の従者が武器を手に飛び掛かってくる。

しかしルリとリルは、互いに手を合わせて頷《うなず》いた。

「うっかり消滅させないように、気を付けなきゃね？」

「うん、気を付けなきゃね」

二人の手の間に、黒い球体が生まれる。

そして——


「「【穿魔《せんま》】」」


キュイン！　キュイン、キュインッ！

黒球が、敵の足元を狙って光線を飛ばし始めた。

「ひいいいっ⁉」

従者たちが慌てふためきながら光線を避ける。

その足元で、植物や石が焼け焦げて煙を上げた。

「な、なんだ、あの魔法は⁉」

ルナが驚愕《きょうがく》し、ルリとリルは涼しい顔で首を傾げる。

「人間相手だと、手加減が難しいね？」

「うん、手加減が難しいね！」

「な……！　い、今のは魔法!?　でも、こんな魔法見たことも……！」

ユエは呆然《ぼうぜん》としていたが、すぐに我に返った。

「くっ、ちょっと魔法が使えるからって、いい気になるんじゃないわよ！　本気の龍力を味わわせてやるわ！　喰《く》らえ！」

勝ち誇った笑みを浮かべ、指先から龍力の光線を放つ。

刹那、ルリとリルが両腕をかざした。

二人の手のひらから魔法陣が出現し、ひとつに重なる。

「「【魔力障壁】！」」

バチィッ！

魔法陣が眩く輝き、龍力をあっさりと弾《はじ》いた。

「なぁ……っ!?　わ、私の龍力が弾かれた!?」

「魔法とは違うみたいだけど、これくらいなら簡単に防げるね？」

「うん、簡単に防げるねー」

今度こそ唖然《あぜん》と佇《たたず》むことしかできないユエを見て、レクシアが手を叩《たた》く。

「凄《すご》いわ、ルリさん、リルさん！」

「さすがは『魔聖』様の弟子……龍力をあっさり弾くとは」

「た、たぶんまだ全力を出してないみたいですが……圧勝ですね……」

レクシアは腰に手を当てると、ユエに指を突きつけた。

「これで材料を奪うのは無理だって分かったでしょ？　あなたも皇帝を目指すなら、横取りしようなんて卑怯なことは考えないで、ちゃんと自分で集めなさい！」

「くっ……！　私の龍力が通用しないなんて、この子たち一体――」

ユエがぎりぎりと歯を噛《か》み鳴らした時。

「キシャアアアアアア！」

「⁉」

絶叫と共に、上空から巨大な影が舞い降りる。

それはオーロラ色の羽根を持つ、巨大な蛾《が》であった。

「きゃあああっ！」

「なっ、なんだ、あの魔物は⁉」

ルナたちは驚きつつも、ユエを襲おうとする蛾に向かって一斉に攻撃を仕掛ける。

「『乱舞』！」

「【天衝爪《てんしょうそう》】っ！」

「【穿魔】！」

しかし巨大な蛾は、その全てをひらりと避けると、虹色の羽根を翻《ひるがえ》して急降下した。

「キシャアアアアア！」

「い、いやあああぁっ！」

蛾は口から尖《とが》った針を伸ばすと、悲鳴を上げるユエに殺到し——

「ユエ姉様！」

シャオリンの声が響き、真紅の光の奔流が、魔物目がけて押し寄せた。

ドガアアアアアアアアアアッ！

「キシャアアアア⁉」

巨大な蛾が跡形もなく消し飛ぶ。

それだけでは飽き足らず、真紅の光は木々を根こそぎ抉《えぐ》り、巨大な空間を作り出した。

ルナが目を見開く。

「なっ⁉　なんだ、あの赤い光は⁉」

「も、物凄《ものすご》い魔力——ううん、力の奔流だったね……⁉」

「う、うん、見たことがないくらい凄《すさ》まじい力を感じたね……！」

「今の声って……」

「い、今のは……？」

ユエもその場にへたり込み、呆然としている。

「はぁっ、はぁっ……間に合ったの……！」

木々の間から現れたのは、シャオリンだった。

「シャオリンさん！」

「解呪が終わったのか！」

「それじゃあ今の光って、もしかして……！」

レクシアの視線に、シャオリンは頷いた。

「わたしの龍力なの。オーディス様が呪いの蟲《むし》を祓《はら》ってくださって、その途端に力が溢《あふ》れてきて……」

言葉半ばに、レクシアがシャオリンに抱き付いた。

「きゃっ⁉」

「すごいわシャオリン様、龍力が使えるようになったのね！　良かったわね！　本当に良かった！」

「おめでとうございます！」

「よくがんばったな」

シャオリンがはにかんでいると、オーディスが息を切らせながら現れた。

「はあ、はあ……厄介な呪いだったが、私に掛かればこんなものだ」

「オーディス様！　シャオリン様の龍力を解き放ってくださってありがとうございます！」

「ですがまさか、シャオリンがこれほど凄まじい力を秘《ひ》めていたとは……」

「こんな凄い力を解き放つなんて、『魔聖《ませい》』様、すごすぎます……！」

感嘆の声に、しかしオーディスは苦虫を噛み潰したような顔で眼鏡を押し上げた。

「いや、ここまで強力だとは、完全に予想外だ。まだ覚醒したばかりでこの威力とは……私も若干引いている」

「師匠を驚かせるなんて、すごいねー？」

「すごいねー！」

ルリとリルも目を丸くしている。

『魔聖』やその弟子から見ても、シャオリンの龍力は規格外なのであった。

「なっ……あの赤い力が、シャオリンの龍力ですってェ……!?　それにあの威力、一体どういうことなの……!?」

呆然と座り込んでいるユエに、シャオリンが慌てて駆け寄る。

「姉様、お怪我《けが》は……」

ユエは我に返ると、勢いよく立ち上がった。

「くっ、この借りは必ず返すわ、覚えてなさいよ！」

「あ、姉様……」

捨《す》て台詞《ぜりふ》を残して従者たちと共に森の奥へ去っていくユエを、シャオリンが悲しそうに見送る。

レクシアがそんなシャオリンの髪に目を留めて、声を上げた。

「あら？　シャオリン様の髪、赤い部分が増えてない？」

「え？」

レクシアの言う通り、ほぼ橙華色《とうかいろ》だったはずのシャオリンの髪は、半分ほどが赤く変じていた。

「ほ、本当です……！　出会った時は一房しか赤くなかったのに、今は半分くらい赤髪になっています！」

「シュレイマン様やユーリ様とも違う、輝くような真紅だな」

シャオリンが鏡の欠片《かけら》を覗《のぞ》き込んで息を呑《の》む。

「い、一体どうして……⁉　龍力も赤かったし、もしかして、龍力の解放と何か関係があるの……？」

するとオーディスが何でもないことのように告げた。

「ああ、龍力は本来赤いのだ」

「ええっ⁉」

「オーディス様、どうしてそんなことをご存じなの⁉」

「ん、言ってなかったか？　龍力は魔力に近い力だ、もしかしたら魔法の発展に繋《つな》がるかもしれないと思って、一時期研究していてな」

オーディスはそう言いながら、荷物の中から年季の入った書物を取り出した。

「この古文書《こもんじょ》によると、初代皇帝も赤髪だったそうだぞ」

「えっ、ファラン様が？」

ルナがはっと思い出す。

「そういえば、演舞で見たファラン様は、赤いヴェールを被《かぶ》っていたな」

「あれは装飾じゃなくて、赤い髪の表現だったんですね……！」

「やっぱり民話や伝承にこそ、真実が隠されていたのよ！」

オーディスはシャオリンの髪に目を遣《や》って頷《うなず》いた。

「初代皇帝の龍力は赤く、髪も真紅だった。それがおそらく代を経るごとに血が薄まり、龍力も弱まったのだろう。それと共に髪の色も抜けて、今の橙華色になったのだ。だが、お前は先祖返りによって、初代皇帝に近い、純粋で強大な赤い龍力を宿している。呪いの蟲を祓って力を取り戻したことで、本来あるべき赤髪に戻りつつあるのだろう」

初めて知る真実に、シャオリンは呆然《ぼうぜん》と立ち尽くす。

「そんな、皇帝に受け継がれる龍力が薄まっていっているなんて……そんな大切なこと、どうして誰も知らないの……？」

「そんなもの、知られたら都合が悪いからに決まっているだろう。皇帝の力が徐々に薄まっているなどという話が広まれば、いたずらに民の不安を招き、他国に弱点を晒《さら》すことになる。隠すのは当然だ。この古文書も、焚書《ふんしょ》になる寸前でたまたま保護したのだ。……まあ、皇帝を継いだ者にだけは、真実が伝えられているかもしれんがな」

「それじゃあこれが、本当の龍力……ファラン様が宿していた力……」

ぎゅっと胸を押さえるシャオリンに、レクシアが顔を輝かせる。

「シャオリン様の龍力、すごく綺麗《きれい》な力ね！　それに、赤い髪もとっても似合ってるわ！　やっぱりシャオリン様こそが、伝承の赤髪の乙女なのよ！」

シャオリンは涙を浮かべて笑った。

「ありがとうなの……わたしが本当の力を取り戻せたのは、レクシアさんたちのおかげなの。蟲祓いの儀式は苦しかったけど、レクシアさんたちの修行のおかげで、耐えることができたの」

するとオーディスが納得したように顎をなでた。

「なるほど、皇女を鍛えたのはお前たちだったのか。どうりで過酷な蟲祓いに耐えられたわけだ。万が一気を失うなどして失敗していたら、永遠に龍力を解放できなくなっていただろうな」

「そんな危険な処置だったのか……本当にがんばったな、シャオリン」

「お力になれて良かったです……！」

シャオリンは改めてオーディスにも深々と頭を下げた。

「ありがとうございます、『魔聖』様……！」

「礼などいらん、私はただあるべき形に戻しただけだ。とはいえ、お前の龍力は、まだ覚醒したばかりで不完全だ。完全に解放されれば、もっと強大になるだろう」

「こ、これ以上にですか？　シャオリンはとんでもない潜在能力を秘めていたのだな……」

「それにしても、誰が何のために、呪いの蟲なんて呑ませたのでしょうか……？」

ティトが呟《つぶや》き、シャオリンも不安そうに俯《うつむ》く。

「……まあ、大方の予想はつく。何しろあの龍力はあまりに――」

オーディスが口の中で呟きかけた時、レクシアが明るい声を上げた。

「ねえ見て！　さっきの魔物がアイテムを落としたんだけど……これ、極光粉じゃない!?」

蛾《が》の魔物が消え去った跡には、虹色の粉が落ちていた。

「わあ、極光粉だね？　魔物のドロップアイテムだったんだね？」

「うん、だからなかなか手に入らなかったんだね！」

「これですべての材料が揃《そろ》ったわね！」

オーディスが驚いたように片眉を撥《は》ね上げた。

「ほう。普通ならば一週間は掛かるところだが、この短時間で達成するとは、なかなかやるではないか」

「す、すごいの、みんな……！」

レクシアたちは顔を見合わせて笑った。

「それじゃあさっそく、不老不死の薬を作りましょう！」

＊＊＊

一行は川辺に拠点を構えた。

鍋を火に掛けながら、手順に沿って材料を入れていく。

「ねえルナ、私にもやらせてよ！」

「お前は絶対に手を出すな」

「次は、紅玉蔦を煎じて煮出すんだよね？」

「うん、煮すぎないように気を付けてね！」

「うう、火加減が難しいの……」

「わわわ、煙が出てきましたっ……！」

レクシアが、少し離れたところで別の鍋を煮込んでいるオーディスに視線を向ける。

「ところで、オーディス様はさっきから何の薬を作っているの？」

「せっかくここまで出向いたのだ、作っておきたい薬があってな」

「？　ふうん？」

その後も力を合わせつつ、不老不死の秘薬作りを進める。

やがて鍋の中の液体が、淡い桃色に変化した。

「わあ、綺麗です……！」

「これで完成かしら？」

すると、様子を見にきたオーディスが口を挟んだ。

「いや、まだだ。最後は龍力によって調合する必要がある。私くらいになれば魔力でも代用できるが、せっかくだ。シャオリンとやら、お前がやってみろ。繊細な作業だから、材料を台無しにしないように気を付けるんだぞ」

「は、はいっ……！」

シャオリンが意識を集中して、龍力を練り上げる。

小柄な身体《からだ》から赤いオーラが立ち上った。

「きれい……」

レクシアたちが見守る中、シャオリンは慎重に制御しながら、龍力を鍋に注ぎ込む。

すると桃色の液体が鮮やかに輝き始めた。

「ここで焦《あせ》るとはじめからやり直しになるぞ。慎重にな」

「はいっ……！」

緊張感に包まれた作業を見ながら、ルナが小声で呟く。

「なるほど、この試練では、龍力を繊細に制御する力も求められるわけか」

「試練の儀って、まるで龍力を鍛えるための儀式みたいですね」

そして、桃色だった液体が真紅に変じた。

赤く輝く液体を見て、オーディスが笑みを佩《は》く。

「……よくやった、シャオリン。完成だ」

「すごいわ、シャオリン！」

レクシアが飛び跳ね、ルナたちから拍手が起こる。

オーディスも満足そうだった。

「ふむ、本物の龍力で作ったせいか、質がいいな。これなら十分効果を発揮するだろう」

シャオリンは不老不死の秘薬を小瓶に分けると、片方をオーディスに差し出した。

「ど、どうぞ」

「ああ。ありがたくもらおう」

「良かったね、師匠？　魔力で代用したら一週間くらい掛かる予定だったもんね？」

「良かったねー！」

「うるさいぞ、お前たち」

「それにしても、すごいわ。本当に不老不死の薬ができちゃうなんて」

レクシアは瓶を空に透かして感動していたが、はっと目を輝かせた。

「ねえ、いいこと思いついたんだけど！　この秘薬を飲めば不老不死になって、永遠にユウヤ様と一緒にいられるんじゃない⁉」

「ええっ⁉　ユウヤさんと永遠に一緒にいるために不老不死に⁉」

「またお前は突拍子もないことを……ただの思いつきにユウヤを巻き込むな」

「あら、ルナはユウヤ様と永遠に一緒にいたくないの？」

「む……それは、まあ、望まないと言ったら嘘《うそ》になるが……ま、まずはユウヤの意向を確かめてからだな……！」

レクシアとルナが言い合う中、オーディスが呆《あき》れたように口を挟んだ。

「何を言っている。これは人間ではなく植物に使うものだぞ」

「「「えええええええっ⁉」」」

「そ、そうなの……⁉」

「ああ。貴重な植物を半永久的に保存するための薬だ」

オーディスの説明に、ルナも思わず目を見開く。

「植物を長期保存……た、確かに、ある意味では不老不死の薬と言えるか……」

「まあ、人間が飲めば仮死状態となって、その分肉体は長期保存が可能になるが……不老不死を求める輩《やから》が望んでいるものとは違うだろうな」

レクシアはため息を吐《つ》いた。

「なぁんだ。でも、本当に不老不死の薬があったら、各国で取り合って争いの種になっちゃうところだったし、良かったわ！」

「さっきまで、どこかの王族が私欲のために秘薬を使おうとしていたんだが……？」

ルナの呟きを華麗にスルーすると、レクシアは金髪をなびかせて胸を張った。

「ひとまず、これで第二の試練は制覇ねっ！　何より、オーディス様のおかげでシャオリン様が本来の龍力を取り戻したんだもの、もう怖いものなしだわ！」

その声に呼応するように、シャオリンが持っている真実の鏡が光り始めた。

「あっ、『真実の鏡』に最後の試練が映し出されたの！　【『はじまりの祭殿』で、なすべき役割を果たせ】……？　はじまりの祭殿って……？」

レクシアたちは顔を見合わせた。

「もしかして、今ならあの巻物に地図が浮かび上がるかもしれないわ！」

「う、うん！　やってみるの！」

シャオリンが緊張しながら、巻物に龍力を込める。

するとまるであぶり出されるように、白紙に地図が現れた。

「あっ！　地図が浮かび上がったの！」

「すごいわ、シャオリン様！」

「この光ってる印が、次の目的地──『はじまりの祭殿』ですね！」

「しかし、なすべき役割とは一体……？　行けば分かるのだろうか」

盛り上がる四人を見て、オーディスはふっと息を吐いた。

「それでは、私たちは帰るとしよう。お前たち、荷物をまとめろ」

「はーい。楽しかったね？」

「うん、楽しかったね！」

オーディスは秘薬とは別に作った薬を瓶に詰めていたが、ふと手を止めて振り向いた。

「ところで、レクシアといったか。お前にも、何やら不思議な力が宿っているな」

「不思議な力？」

「【光華《こうが》の息吹《いぶき》】のことだろうか」

ルナの言葉に、オーディスの目が見開かれた。

「【光華の息吹】だと？　エルフの中でも限られた者だけに宿るという、あの？」

「私もよく分からないんですけど、怯《おび》えや憎しみといった負の感情を浄化して、本来の状態に戻す力だと聞きました」

「レクシアさんはその力で、私の暴走を止めたり、氷霊に取り憑《つ》かれた人から氷霊を引き剝がしたりしたんです」

ティトが補足すると、オーディスは顎に手を当てて考え込んだ。

「ふむ……。人間の精神に作用する力というのはごく希少で、その特異さ故に、まだ研究が進んでいない。お前自身も、未知の部分が多いのではないか？」

「ええ」

レクシアは頷《うなず》いた。

レクシアはハイエルフの母親の血を継いでおり、その身に宿る魔力も膨大で特別だと言われていたが、幼くして母を亡《な》くしたため詳しくは知らないのだった。

「自覚はないかもしれんが、お前の魔力はかなり特殊で、私から見ても底が知れん。その【光華の息吹】もまだ覚醒する可能性がある。お前次第では、様々な効果をもたらすことができるだろう」

「様々な効果ですか？」

「そういえば、宝剣の力を引き出してたね？」

「うん、伝説以上の効果を発揮させてたね」

ルリとリルの言葉に、オーディスはおもしろそうに口の端を吊《つ》り上げた。

「ほう、やはりな。実に興味深い。いずれ研究対象にするから、そのつもりでいろ」

そう告げると背を向け——思い出したように、液体の入った小瓶と手紙をレクシアに渡す。

「ああ、そうだ。それと、これを持っておけ。じきに必要な時が来るだろう」

「これは、さっき作ってた薬？　必要な時って……——」

しかしオーディスはそれ以上の説明はせず、「それではな」と歩き始めた。

ルリとリルも大きく手を振る。

「それじゃあ、またね？　楽しかったよ？」

「楽しかったよ！　元気でねー！」

「ありがとう！　また会える日を楽しみにしてるわ！」

「本当に、ありがとうございました！」

去って行くオーディスたちに向かって、シャオリンが深々と頭を下げる。

「さあ、いよいよ最後の試練ね！」

オーディスたちが去った後。

シャオリンはレクシアの言葉に頷くと、地図の印を見つめた。

「……お父様は、『二つの試練を乗り越え、力と覚悟、勇気のある者のみが、最後の試練に挑むことができる』って言っていたの。一体どんな試練が待っているの……？」

不安そうな背中に、レクシアが手を添える。

「大丈夫よ、シャオリン様は本当の力を取り戻したんだから。どんな試練が来たってへっちゃらよ！」

「ああ。それに、私たちもついている。何があっても守り通すさ」

「真っ先に試練を突破して、皇子様たちをびっくりさせちゃいましょう！」

「うん……！」

こうして四人は、最後の試練――『はじまりの祭殿』に向けて出発したのだった。

第六章　焔虎《えんこ》

「見えてきたわ！　あれがはじまりの祭殿ね！」

レクシアが、彼方《かなた》に見える建物を指さした。

丘を越えた先に現れたのは、巨大な祭殿であった。

「わあ、立派な建物ですね！」

「こんな辺境に、こんなに大きな祭殿があるなんて、知らなかったの……」

近付くにつれて、荘厳《そうごん》な雰囲気が漂い始めた。

広い平原に佇《たたず》む祭殿はまるで宮殿のようで、幅の広い階段の上に、大きな円形の建物が聳《そび》えている。遥《はる》か昔に建てられたものらしく、壁は色褪《いろあ》せて朽ち果て、崩れかかっている箇所もあった。

「かなり古い建物だな。はじまりの祭殿という名前から察するに、建国時から存在しているのだろうか？」

「祭殿っていうよりも、遺跡みたいですね」

辺りを見回していたシャオリンが口を開く。

「兄様たちは、まだ着いていないみたいなの」

「やったわ、一番乗りね！　早く入りましょう！」

「所々崩れかかっているぞ、足元に気を付けろよ」

階段を上り、城門ほどもある巨大な扉の前に立つ。

「大きい扉ね！　かなり重そうだけど、開くかしら？」

その時、シャオリンがはっと息を呑《の》んだ。

「どうしたの、シャオリン様？」

「……呼ばれている気がするの……」

「え？」

刹那、まるでシャオリンを迎え入れるように、扉が重厚な音を立てて開く。

「わわっ、扉がひとりでに……！」

現れた廊下は長く、行く手は闇に霞《かす》んでいた。

シャオリンがこくりと喉を鳴らす。

「いよいよ最後の試練なの……！」

「さあ、行きましょう！」

四人が祭殿に入ろうとした、その時。


「止まれ！」


しゃがれた声に振り返る。

階段の下に、皇子たち三人が息を荒らげて立っていた。

「くそっ、ようやく追いついたぞ……！」

「あら、仲良くお揃《そろ》いね！　従者たちはどうしたの？」

「全員逃げやがった、腑抜《ふぬ》けどもが……！」

ルーウォンは忌々《いまいま》しげに吐き捨てて、シャオリンを睨《にら》みつける。

「どんな手を使ったか知らないが、落ちこぼれがよくここまで辿《たど》り着いたな――いや、待て。……何だ、その髪の色は？」

半分が赤髪になったシャオリンを見て、ルーウォンが眉を顰《ひそ》めた。

「あ、あの、これは……」

言い淀《よど》むシャオリンを見て、ルーウォンが嗤《わら》う。

「ははは、なんだ、半端《はんぱ》な色が嫌になって染めたのか？　そんなことをしたって、混ざりモノは混ざりモノだぞ」

「神聖な橙華色《とうかいろ》からますます遠ざかったねぇ？　お似合いだよ？」

「何よ！　シャオリン様はねぇ、本物の龍力を──むぐ！」

言い返しかけたレクシアの口を、ルナが塞ぐ。

「揉《も》めるのも面倒だ、今は黙っておけ」

「むー、むー！」

一方、森でシャオリンの龍力を目の当《ま》たりにしたユエは、ためらいがちに口を開いた。

「ルーウォン兄様、マオ、気を付けて。あの子、おかしな力を使うわ。赤くて強大な力で……龍力だって言ってたけど……」

「ふん、あんな落ちこぼれが、そんな力を使えるわけがあるか。まして龍力のわけはない。どうせ妙な手を使ったんだろう」

ルーウォンは鼻で笑うと、階段に足を掛けた。

「引き返せ、シャオリン。最終試練は過酷で、命を落とす者さえいると聞く。早く帰った方が身のためだぞ」

しかしシャオリンは毅然《きぜん》と首を振る。

「わたしは絶対に諦めないの。最後の試練を乗り越えて、きっとファラン様のような、立派な皇帝になってみせるの」

「何度も言っているだろう。お前のような混ざりモノが、皇帝になどなれるわけはないんだよ！」

ルーウォンが声を荒らげた時、レクシアがルナの手を振りほどいた。

「ぷはっ！　そんなことを言っていられるのも今のうちよ！　最後の試練、シャオリン様が勝ち抜くに決まってるわ！」

「なんだと⁉　家庭教師風情《ふぜい》が口を挟むな——！」

「待ってください、何か聞こえます！　獣の唸《うな》り声のような……」

ティトが廊下の奥へと猫耳を向ける。

確かに闇の向こうから、低い雷鳴のような声が、微《かす》かに聞こえた。

「な、なんだ、この音は……？」

「……行くわよ」

「あ、おい、待て！」

怯《ひる》む皇子たちを置いて、四人は祭殿に足を踏み入れる。

皇子たちも慌てて追ってきた。

「……不気味だな」

「それに何かしら、この暑さは……」

巨大な回廊に、七人の足音が響く。

祭殿内にはじっとりと重たい熱気が籠もっていた。

飾られている豪奢《ごうしゃ》な幕や祭具は埃《ほこり》を被《かぶ》り、かつては鮮やかに塗装されていたであろう柱や装飾も、今は色褪せている。

皇子たちが周囲を見回して、気味が悪そうに呟《つぶや》く。

「かなり古いね。立派な様式といい、由緒《ゆいしょ》ある建物みたいだけど……」

「そもそもこんな祭殿があるなんて、聞いたことがないわよォ……」

その時、ティトがぴくりと猫耳を動かした。

「あの扉の先です」

回廊の奥に、重厚な扉が聳えていた。

「あの中に、一体何が……――」

シャオリンが息を呑んだ時、

「ヴオオオオオオオオオオオオオオッ！」

扉の向こうから恐ろしい咆哮《ほうこう》が轟《とどろ》いた。

「ひっ⁉　なんだ、この声は⁉」

「な、なに⁉　一体なんなのよォ⁉」

皇子たちが恐怖に凍り付く中、ティトが緊迫した声で叫んだ。

「今、咆哮に紛れて、微かに人の声がしました……！」

「中に誰かがいるの⁉」

「何かが起きてるわ！　急ぐわよ！」

「待て、レクシア！　先走るな！」

「お、おい、俺たちを置いていくな！」

弾《はじ》かれたように駆け出すレクシアを、ルナたちが慌てて追い、遅れて皇子たちも続く。

レクシアは勢いよく扉を開け放った。

「うっ⁉　なに、この熱気は……⁉」

息の詰まるような熱風が吹き付ける。

そこには思いも寄らぬ光景が広がっていた。

「ヴオオオオオオオオオ！」

祭殿の中央で吼《ほ》え猛《たけ》っているのは、全身に炎を纏《まと》った虎であった。背丈は普通の家をゆうに超え、太い牙と爪を備え、炎の毛並みはごうごうと逆巻いている。

その恐ろしい獣に対峙《たいじ》している人物を見て、シャオリンが叫んだ。

「お父様⁉」

――炎の虎にたった一人で立ち向かっているのは、リアンシ皇国の皇帝、リュウジェンであった。

「な、なぜ父上がここに⁉　それになんだ、あの怪物は……⁉」

「ヴオオオオオオオッ！」

「くっ……！」

虎が炎を吐き、リュウジェンがかろうじて避《よ》ける。

炎の直撃を受けた石像が瞬《また》く間《ま》に燃え上がり、真っ赤な溶岩と化して溶け落ちた。

「はあああっ……ハァッ！」

リュウジェンが全身から龍力を立ち上らせ、虎にぶつける。

「ガアアアアッ！」

虎は龍力の奔流を横っ腹に受けながらも、双眸《そうぼう》をさらなる怒りに染めてリュウジェンを睨み付けた。

「グルルルッ……！」

「そんな、あの攻撃を受けて倒れないなんて……！」

「お父様、これはいったい……⁉」

「！　お前たち、ようやく来てくれたか……！」

リュウジェンは呆然《ぼうぜん》と佇《たたず》む一行に気付いて、声を張った。

「もはや我だけでは手に負えぬ、手伝ってくれ！　お前たちの力が必要なのだ！」

「父上、この化け物は何なのです⁉」

リュウジェンは鋭い双眸で虎を睨み付けた。

「落ち着いて聞くのだ、こいつは焔虎だ……！」

「え、焔虎《えんこ》、って……⁉」

「千年前にファラン様が倒したはずじゃ……⁉」

リュウジェンは苦しげに顔を歪《ゆが》めた。

「くっ、話は後だ！　今はとにかく、全員の龍力を合わせてこいつを──……！」

「ヴオオオオオオオオッ！」

言葉半ばに、地を震わせる咆哮が響いた。

びりびりと肌が震え、力が抜けていく。

「くっ⁉　な、なんだ、この咆哮は……⁉」

「力が、入らないッ……！」

咆哮が轟くほどに、意思とは関係なく身体《からだ》が竦《すく》み、力を奪う。

ルナは膝をつきそうな衝動に抗《あらが》いながら、声を引きつらせた。

「何もかもを燃やし尽くす業火《ごうか》に、身を竦ませるこの咆哮ッ……！　こいつまさか──【七大罪】のひとつ、【憤怒《ふんぬ》】か⁉」


「な、七大罪⁉」

七大罪とは、伝説の魔物の総称である。

この世界には、【暴食】を冠する【グラトニー・ワーム】を筆頭に、恐ろしい力を持つ魔物が七種存在し、そのどれもが最高峰の戦闘力と特殊なスキルを持っていた。

「そんな……焔虎が七大罪だったなんて……！」

「ぐあああっ！」

リュウジェンの悲鳴に我に返る。

焔虎の攻撃を受けたのか、リュウジェンが肩を押さえ、膝をついていた。

「お父様！」

「ゴアアアアッ！」

動けないリュウジェンに止《とど》めを刺すべく、焔虎が炎を吐く。

逆巻く炎がリュウジェンに迫り――

「くっ、間に合うか――『避役《ひえき》』！」

ルナがリュウジェンの身体に糸を巻き付け、間一髪で引き寄せた。

「ヴオオオオッ！」

追随しようとする焔虎の前に、ティトが飛び出す。

「させません！【烈爪《れっそう》】！」

「グルアアアアッ!?」

鋭い爪によって生み出された無数の真空波が、虎に殺到する。

虎が怯んでいる間に、一行は負傷したリュウジェンを連れて祭壇の裏に逃げ込んだ。

「はあ、はあっ……」

「お父様、しっかり！」

リュウジェンは右肩を袈裟《けさ》懸《が》けに斬り裂かれていた。

「まずいな……ティト、薬草を！　まずは止血して応急処置をするぞ！」

「はいっ！」

ルナとティトがすぐに治療を開始する。

苦痛に顔を歪めるリュウジェンに、ルーウォンたちが狼狽《うろた》えながら問う。

「父上、これは一体どういうことなのです！」

「なぜ、ファラン様に倒されたはずの焔虎がここに⁉」

青ざめる皇子たちに、リュウジェンは苦しげに口を開いた。

「これが、代々皇帝になる者にだけ伝えられてきた、リアンシ皇国の真実……千年前、焔虎の力は凄《すさ》まじく、初代皇帝ファラン様をもってしても、封印することしかできなかったのだ……」

「な……⁉」

「この祭殿に封印された焔虎は、ファラン様の死後も眠りながら生き続け、千年という時を掛けて怒りを蓄え続けた。その怒りは年を追うごとに膨れあがり、ひとたび暴れ出せば、瞬く間にリアンシ皇国を蹂躙《じゅうりん》するだろう――いや、リアンシ皇国だけではない、世界すら呑《の》み込むであろう。そのため、数十年に一度、龍力を継ぐ者たちの手で封印し直し、焔虎を眠らせ続けてきたのだ……っ」

「そ、そんな……」

「焔虎の封印を結び直すことが最後の試練……試練の儀は、そのための儀式だったのね」

レクシアの真剣な瞳に、リュウジェンが頷《うなず》く。

「その通りだ。封印の結界を張るためには、膨大な龍力と、それを繊細に制御する力が必要になる……だからこそ歴代の皇位継承者たちに厳しい試練を与えて龍力を鍛え、その試練を乗り越えた者たちの力を合わせて、結界を張り直していたのだ。だが千年という時を経た焔虎の憤怒は凄まじく、封印の効力は次第に短くなっていた。我はそれが気がかりで、予定よりも早くこの祭殿を訪れたのだが……一足遅く、封印が解かれてしまっていたのだ……！」

リュウジェンは深手を負った肩を押さえ、荒い息の下から皇子たちに訴えた。

「焔虎は封印されている間に怒りを蓄え続け、千年前よりもさらに強大になっている。もはや我だけでは太刀打ちできぬ……頼む、共に戦ってくれ……！　全員の力を合わせ、再び焔虎を封印するのだ……！」

「そ、そんな……」

皇子たちは青ざめながら、弱々しく首を横に振った。

「そ、そんなこと、できるわけがない……」

「ファラン様だって倒せなかった魔物を……それも七大罪なんて……」

「あんな怪物に立ち向かうなんて、無理に決まってるわよォ……！」

「奴《やつ》に普通の攻撃は通用せぬ……！　龍力で弱体化させ、封印するしかない……我らがやらねばならぬのだ……！」

リュウジェンは必死に説得するが、焔虎の恐ろしさを目《ま》の当《あ》たりにした皇子たちは萎縮するばかりだ。

そんな中で、シャオリンが覚悟を決めたように口を開いた。

「……お父様、わたし――」

その時、轟音《ごうおん》と共に祭壇が崩れた。

ドゴオオオオオッ！

「ゴアアアアアアッ！」

「ぎゃあああああっ⁉」

巨大な爪のひと振りが、残った祭壇を削り崩す。

焔虎が牙の間から炎の呼気を吐きながら、八人ににじり寄った。

「ひっ！　く、来るなぁっ！」

ルーウォンが龍力を発現させ、巨大な腕と化して焔虎を殴りつける。

しかし。

「グルルルル……！」

「ひっ⁉　こ、攻撃が効かない……⁉」

「いや、効いてはいるが、ダメージが浅い……！」

ルナが呻《うめ》くとおり、焔虎はわずかによろめいたものの浅い傷が刻まれただけであった。

リュウジェンが唇を噛《か》んだ。

「くっ……やはり、長い時を経て薄まってしまった龍力では通用せぬか……！」

「な、なんですって⁉　私たち皇帝家が受け継いできた龍力が薄まった……⁉」

「それはどういう意味なのですか、父上⁉」

ユエとマオも狼狽《ろうばい》しつつ龍力で攻撃するが、焔虎はうっとうしそうに首を振って攻撃を弾くと、八人を灰にするべく口を開いた。

「グルルルル……ガアアアアアアッ！」

「うわあああああっ！」

皇子たちの目の前、灼熱《しゃくねつ》の炎が迫り――

「退《さ》がれ！　『螺旋《らせん》』ッ！」

「【旋風爪《せんぷうそう》】！」

ルナとティトが放った技によって、逆巻く炎が相殺《そうさい》された。

「なっ⁉　焔虎の炎を蹴散らした⁉」

「な、なんだ、今のでたらめな技は⁉」

「あの炎を薙《な》ぎ払うなんて、近衛《このえ》隊の精鋭だってできないわよ⁉」

皇子たちと同じく、リュウジェンも目を瞠《みは》る。

「お、お主たちは、開会式にいたシャオリンの従者――いや、家庭教師か……⁉　龍力もなしに焔虎に対抗できるなど並の強さではない、一体何者なのだ……⁉」

「グルルルッ……⁉」

焔虎《えんこ》は炎を相殺されたことに一瞬怯《ひる》んだものの、今度は飛び掛かって一網打尽にするべく身を屈《かが》めた。

「ゴアアアアアアアッ！」

「ひいいいっ！」

「くっ、間に合うか……！」

リュウジェンが龍力を練るよりも早く、レクシアが叫んだ。

「シャオリン様、今よ！」

「うん！」

シャオリンが進み出る。その身体は真紅の光に覆われていた。

「シャオリン……！　その光は……!?」

シャオリンは驚くリュウジェンを背にかばい、練り上げた龍力を思い切り焔虎へと叩《たた》き付けた。

「はァッ！」


ドガアアアアアアアアアアッ！


「グルアアアア!?」

凄まじい龍力の直撃を受けて、焔虎が吹き飛んだ。

「な……!?　なんだ、あの赤い力は!?」

「や、やっぱり！　あれがあの子の龍力なんだわ……！」

ユエが叫び、リュウジェンが目を見開く。

「そ、その力は……まさか……！」

「ヴヴ、グルルル……ッ！」

壁に叩き付けられて、焔虎が狂ったようにのたうつ。

皇子たちが攻撃した時とは違い、焔虎の顔には大きな傷が残り、明らかにダメージを受けている。

しかし。

「ガッ、アアアアア……！」

焔虎は憤怒《ふんぬ》の呻きを上げながらも身を起こした。

皇子たちが青ざめる。

「そんな、あの質量の龍力をぶつけても倒せないなんて……！」

「ヴルルルル……ッ！」

「はぁっ、はぁっ……！」

シャオリンは息を荒らげていた。まだ龍力が解放されたばかりで制御が難しく、集中力と精神力を激しく消耗するのだ。

それでも、炎の毛を逆立てる焔虎を燃える瞳で睨《にら》み付ける。

「千年前、この地に住まう人々を苦しめ続けた七大罪、焔虎……ここで決着をつけるの！

リアンシ皇国にも世界にも、手出しはさせない！　絶対に守り抜いてみせる！」

その隣で、レクシアも吹き付ける熱風に金髪をなびかせながら不敵に笑う。

「封印とかはよく分からないけど、要はあの虎をやっつけちゃえば、全部まるっと解決よね！」

「相変わらずざっくりした作戦だな。まあ、乗りかかった船だ。最後まで任務を遂行するだけだ」

「はい！　これが最後の試練なら、放り出すわけにはいきません！　だって私たちは、シャオリンさんの家庭教師ですから！」

恐れ気なく焔虎に対峙《たいじ》する四人の背に、皇子たちが引き攣《つ》った声を上げる。

「よせ、初代皇帝でさえ倒せなかった相手だぞ⁉　敵《かな》うわけがない！」

「そうよ、命が惜しくないの⁉」

「兄様たちは、ここに隠れていて。お父様をお願いなの」

「お前には無理だ！　逃げろ、シャオリン！」

しかしシャオリンは怯むことなく首を振った。

「いいえ、やってみせるの！　この国のため、人々のため、そして私を信じてくれた、レクシアさんたちのためにも！」

「ヴオオオオオオオッ！」

吹き付ける熱風に息を詰めながら、シャオリンは歯を食い縛った。

「（焔虎を確実に倒すには、さっきよりももっと龍力を練り上げなくちゃなの……！　でも龍力を溜《た》めるには時間がかかるの……どうにかして時間を稼がなきゃ……！）」

その時、ルナとティトが飛び出した。

「私たちが、焔虎を引き付けます！」

「シャオリンは龍力で止《とど》めを刺せ！」

「ルナさん、ティトさん……！」

六花《りっか》の盾を構えたレクシアが、シャオリンに片目を瞑《つぶ》る。

「防御は私に任せて、シャオリン様はその間に、龍力を溜めて！　大丈夫、何があっても守ってみせるわ！」

「ありがとうなの……！」

シャオリンは頷《うなず》くと、龍力を練り上げ始めた。

一方、ルナとティトは焔虎を相手に大立ち回りを繰り広げていた。

「喰《く》らえ！　『螺旋』！」

「【爪穿弾《そうせんだん》】！」

ルナの糸が束になって焔虎の横腹に巨大な穴を穿《うが》ち、ティトが瓦礫《がれき》を撃ち出して無数の小さな傷を与える。

しかし、シャオリンが龍力で攻撃した時とは違い、炎が傷口を覆い、すぐに修復されてしまった。

「ヴォオオオオオオオッ！」

「なるほど、さすがは七大罪。龍力以外の攻撃が通らないというのは本当らしいな」

「でも、傷が大きければ大きい程、回復には時間が掛かるみたいですね！」

二人は、ティトが与えた小さな傷に対して、ルナが穿った傷の方が治りが遅いのを、ほんの僅かな間に読み取っていた。

「ああ。そうと分かれば、時間稼ぎには十分だ」

「シャオリンさんの準備が整うまで、私たちと遊んでもらいます！　【雷轟爪《らいごうそう》・極！】」

「『螺旋』！」

ルナとティトは、次々に攻撃を加えて焔虎を足止めする。

「グウゥゥッ……ガアアアアアアアッ！」

止《や》まない攻撃に業を煮やしたのか、焔虎が床に向かって炎を吐いた。

燃え盛る炎が床に広がり、その中から獄炎で作られた様々な異形が現れる。

「ギシャアアアアッ！」

「わわわ、敵が増えました！」

「さすがは七大罪、こんなこともできるのか……！」

慌てて身構えるルナとティトに向かって、炎から生まれた異形たちが襲いかかった。

＊＊＊

「ケエーーッ！」

「九本の尾を持つ狐《きつね》とは、面妖だな」

ルナは九尾の狐と対峙していた。

炎をまとった狐の威容に、遠くから見守っているルーウォンとユエが息を呑《の》む。

「な、なんだ、あの怪物は……！」

「炎の狐……!?　あんな魔物、見たことがないわ……！」

「クケエエエエエッ！」

甲高い遠吠《とおぼ》えと共に、炎の尾がルナへと殺到する。

ルナは狐の周囲に糸を張り巡らせると、ひらりと糸に飛び乗って尾を避《よ》けた。

ルナを追って、九本の尾が軌道を変える。

「『監獄』！」

「ケエーッ！」

上下左右から挟み撃ちにしようとする尾を、ルナは糸から糸へと跳んで華麗に躱《かわ》した。

「あ、あの攻撃をすべて避けるなんて、なんて速さだ……！」

「でもこの熱よ、今に体力が尽きて逃げ切れなくなるんじゃ——いえ、あれは……!?」

ルナは糸の反動を利用して加速していく。

その流星のごとき速さに翻弄されて、尾と尾が激しくぶつかり、あるいは絡《から》み合《あ》った。

「ク、ケケッ……！」

狐は絡み合った尾を解きながら、必死にルナの姿を追い——

その背後に、ルナが迫っていた。

「遅い——『螺旋《らせん》』」

ドゴオオオオオオオオオオッ！

ドリル状に回旋する糸の束が、狙い違《たが》わず狐を穿つ。

「ケエエエエエッ！」

「いくら手数が多くとも、速さに付いてこられなければ無意味だ。大振りの攻撃が仇《あだ》になったな」

「あ、あんな強敵をあっという間に倒したぞ……！」

「つ、強すぎる……！」

しかし、ひらりと地面に降りたルナの足元。

床に広がる火の海から、角を生やした怪魚の群れが躍り上がった。

「ギシャアアアアッ！」

「あ、危ない！」

ルーウォンが叫ぶよりも早く、ルナは跳躍して炎の怪魚を避けつつ糸を放った。

「『乱舞』！」

しかし糸が切り刻む直前、怪魚たちは火の海に潜って身を隠した。

「なるほど、炎に身を隠しつつ隙を狙っているのか。ただ攻撃するだけでは、倒すのは難しそうだな」

そう呟《つぶや》くルナの脳裏に、シャオリンと共に森で修行した時のことが蘇《よみがえ》る。

「ならば――」

ルナは素早く視線を巡らせると、糸を操った。

「ギシャアアアアアッ！」

一瞬動きを止めたルナ目がけて、魚が躍り上がる。

しかし。


「ふっ……釣れたか」


そこにルナの姿はなく、糸によって操られた上着が揺れているだけだった。

「ギギャッ……!?」

「それは囮《おとり》だ、残念だったな――『乱舞』！」

待ち構えていた糸《罠》が、一斉に怪魚の群れを切り刻む。

「ギシャアアアア……！」

「な……異形の怪物を、こんなにあっさりと倒すなんて……！」

「速さも強さも桁違いだわ……一介の家庭教師の実力じゃないわよ……!?」

火の粉と化して消える怪魚たちを見ながら、ルナは吹き付ける熱風に髪をなびかせた。

「ただ攻撃するだけではなく、そこにあるものを利用する、か……シャオリンと共に、私も成長できたようだな」

その口の端に、涼しげな笑みが浮かぶ。

「可愛い教え子《シャオリン》に、かっこ悪い所は見せられないからな」

＊＊＊

「クケエエエエエ！」

火の海から生まれた巨大な怪鳥《けちょう》が、ティト目がけて炎の翼を広げる。

「な、なんだ、あの炎の鳥は……!?」

「焔虎《えんこ》は炎によって眷属《けんぞく》まで生み出せるのか……！」

マオとリュウジエンが驚愕《きょうがく》の声を上げた。

地面すれすれを滑空してくる怪鳥を、ティトは恐れ気なく迎え撃つ。

「【爪閃《そうせん》】！」

鋭い爪の一閃が、狙い違わず怪鳥へ伸び——

攻撃が当たる直前、怪鳥が翼を翻《ひるがえ》して天井へと舞い上がった。

「クケエエエエエッ！」

怪鳥がまるで嘲笑《あざわら》うように鳴くのを見て、マオたちが歯がみする。

「くそっ、上空に逃げられては、攻撃が届かないぞ……！」

「なんと厄介な相手なのだ……！」

しかしティトは怪鳥を睨《にら》み上げながら、爪を構えた。

「どんなに高く飛んでも、私の爪からは逃げられません！【天衝爪《てんしょうそう》】ッ！」

爪を下から上に振り上げるやいなや、鋭い斬撃が舞い上がって怪鳥を両断する。


ズバアアアアアアアアッ！


「ケケエエエエッ！」

「なっ⁉　あ、あんな巨大な鳥を真っ二つに……⁉」

「あの高さまで斬撃を飛ばしたのか……⁉　あんな攻撃、初めて見たぞ……！」

マオとリュウジェンが目を瞠《みは》る。

しかし息つく暇もなく、ティトの周囲の炎からゆらりと不気味な影が立ち上った。

蜃気楼《しんきろう》にも似た影——幽鬼の群れが、ティトを囲むようにして次々に生み出される。

「オオ、オオオオ……！」

幽鬼たちが炎に包まれた両手を伸ばし、一斉にティトに襲いかかった。

「【奏爪《そうそう》】！」

ティトは鋭い爪で斬り付ける。

しかし。

「効かない……⁉」

「オオオオ……！」

攻撃を受けたはずの幽鬼たちは、ダメージを喰《く》らった様子もなくゆらゆらと揺れる。

「まさか、物理攻撃を受け付けないのか……⁉」

マオが驚くとおり、この世界には【大魔境《だいまきょう》】に跋扈《ばっこ》する【レイス】のように、物理攻撃が通らない敵もいた。

「オオオオオオオ……！」

幽鬼たちが不気味な叫びを上げる。

すると無数の鬼火が浮かび上がり、ティトを襲った。

「わわっ！」

ジュウウウウウッ……！

ティトが転がって避けると、鬼火が着弾した地面が高温によって溶けた。

「あ、あんなものを喰らったら、一瞬で焼け死ぬぞ……！」

「オオオオオオ！」

幽鬼が吼《ほ》え、先程よりも大量の鬼火が生み出される。

それを見て、リュウジェンが叫んだ。

「そやつらに物理攻撃は効かぬ！　敵《かな》う術《すべ》はない、逃げるのだ！」

しかしティトは身を低くして身構える。

「いいえ、諦めません！　シャオリンさんが、何度壁にぶつかっても挑戦し続けたように！　物理攻撃が効かないなら、これでどうですか——【旋風爪《せんぷうそう》】っ！」

鬼火の集中砲火が放たれると同時に、両手を交差させて一気に振り抜いた。

凄《すさ》まじい烈風が渦巻いて鬼火を巻き込み、幽鬼までをも引き寄せる。

「オオ、オオオオオ……！」

竜巻の中で鬼火と幽鬼の群れが互いにぶつかり合い、弾《はじ》けて消滅した。

幽鬼が消滅していくのを見て、マオとリュウジェンが息を呑む。

「ま、まさか、同士討ちさせたのか……!?」

「一瞬であの判断を下せるとは……！　それにあの強さ……あの少女たち、一体何者なのだ……!?」

　ティトは額の汗を拭った。

「ふう、やりました！　シャオリンさんと一緒に試練に挑む中で、私も大切なことを教えてもらいました……！」

　息つく暇もなく爪を構えると、新たに生まれた異形へと斬り掛かる。

「さあ、まだまだ行きますよ！　私もシャオリンさんのお姉さん――じゃなくて家庭教師《先生》として、いいところを見せないとですからねっ！」

＊＊＊

「グルルルッ……ガァァア、ァアアアァッ！」

　炎の異形たちが消滅し、焔虎が警戒の呻《うめ》き声を上げる。

「これで雑魚《ざこ》は片付いたな」

「はい！」

　ルナとティトは流れる汗を拭った。

　いかに規格外な戦闘力を誇る二人であっても、強大な異形との戦闘で無傷というわけにはいかず、小さな傷を負っていた。さらに部屋に満ちる熱が体力を激しく消耗させる。

それでも二人には、前線に立ち続ける理由があった。

「く、うっ……！　まだ、あいつを倒すにはまだ足りないの……！　もっともっと、龍力を高めなきゃなの……！」

歯を食い縛り、必死に龍力を練り上げるシャオリンを背に、ルナとティトは自らの傷さえ顧みず焔虎に向かって身構える。

「シャオリンの龍力が完成するまでに、少しでも奴《やつ》の力を削る！　一気に畳みかけるぞ！」

「分かりましたっ！」

ルナとティトは焔虎めがけて地を蹴った。

しかし。

「ゴアアアアアッ！」

雷鳴にも似た憤怒《ふんぬ》の咆哮《ほうこう》が轟《とどろ》いた。

四肢が震え、圧迫感が重力と化してのしかかる。

「くっ!?　力が、抜け落ちていく……!?」

「足が、動きませんっ……！」

ルナとティトが顔を歪《ゆが》める。

離れた所にいるレクシアとシャオリンも、たまらず膝をついた。

「っ……！　身体《からだ》が、勝手に震えるの……！」

「これが、『七大罪』の力……！」

「グルルルル……！」

焔虎が唸《うな》り、その体内で炎が膨れあがっていく。

燃えるような怒りを湛《たた》えた双眸《そうぼう》は、動きを封じられたルナとティトを見据えていた。

「ルナ、ティト！」

レクシアの悲鳴も虚《むな》しく、焔虎が口を開く。

「ガアアアアッ！」

「っ、炎が、きます……！　技で、相殺《そうさい》しなきゃ……！」

「くっ、だめだ……身体が、動かない……ッ！」

ルナとティトに、逆巻く炎が迫った、その時。

「憤怒がなによ！　私の大好きな仲間たちが、負けるわけないんだから――――っ！」

レクシアの絶叫と共に、透明な波動が広がった。

「こ、これは……⁉」

「傷が……癒えていく……⁉」

澄んだ風が炎を吹き散らし、波動を浴びたルナとティトが目を見開く。

全身が透き通る膜に覆われ、傷が修復されていくのだ。

それだけではなく、消耗していたはずの身体に力が満ちていく。

「レクシアさんにこんな力が……⁉」

「そうか、オーディス様が言っていた……【光華《こうか》の息吹《いぶき》】が覚醒したのか……！」

「ゴアアアアアッ！」

焔虎が炎を散らされたことに殺気立ち、恐ろしい唸りを上げて飛び掛かる。

しかし、

「いくぞ、ティト！『螺旋《らせん》』！」

「はいっ！【烈風爪】！」

ルナが放った糸に、ティトの技による烈風が加わり、激しい風を巻き起こす。

暴風を纏《まと》った糸が、焔虎を弾き飛ばした。

「ガッ、アアアアアア！」

「すごい、攻撃力が上がっています！　それに身体が軽い……！」

「ああ、肌に感じる熱も和らいでいる！　これが【光華の息吹】の真の力なのか……！」

ルナとティトは次々に技を繰り出し、焔虎を追い詰めていく。

「すごいわ、ルナ、ティト！　シャオリン様、今のうちに！」

「うん……！」

シャオリンの全身に龍力が満ち、高まっていく。

しかしシャオリンは唇を噛《か》んだ。

「わたしの龍力はまだ未完成、中途半端《ちゅうとはんぱ》な攻撃では、また耐えきられてしまう……！

ただ龍力をぶつけるだけじゃ足りないの、至近距離から、もっと鋭い攻撃を放たなくちゃ……！　でも、どうやって――！」

身じろぎした拍子に、剣についた鈴がチリンと鳴り――シャオリンははっと顔を上げた。

「――そうだ、あの演舞……――！」

シャオリンの脳裏に浮かんだのは、橙華色《とうかいろ》の布を剣に纏わせ、美しく舞うように戦う初代皇帝の演舞――幼い頃から憧れ続けた、ファランの姿だった。

「ファラン様は、双剣に龍力を纏わせて焔虎《えんこ》と戦った……この一撃に、すべてを掛けるの……！」

双剣を抜き放つと、剣を握る手に意識を集中させる。

赤い光がその身体を包み、やがて刃に集まり始めた。

皇子たちがはっと目を瞠る。

「あれは……剣に龍力を纏わせているのか……⁉ まるでファラン様のように……！」

「りゅ、龍力をあんな繊細に制御できるなんて……！」

「私たちの龍力の比じゃない……！ 凄まじい力を感じるわ……！」

驚愕《きょうがく》を込めた視線の先で、真紅の刃が輝きを増していく。

「まだ、まだ足りない……もっと強く……！ もっと研ぎ澄ませて……！」

その力が膨れあがるにつれて、シャオリンの髪が燃え立つような真紅に染まった。

皇子たちが息を呑《の》む。

「シャオリンの髪が、どんどん赤くなっていく……⁉」

「まさか……シャオリンが、伝承にある紅の髪の乙女だったの……⁉」

「ああ、シャオリン……やはりお前……！」

真紅を纏うシャオリンの姿を見て、リュウジェンが苦しげに顔を歪めた。

「【奏爪・極】！」

「『監獄』！」

「グルアアアアッ！」

焔虎は、ルナとティトの攻撃を受ける度に炎で傷を修復し、何度も立ち上がっては炎をまき散らしながら暴れる。

「ガアアアアアアアアアアッ！」

横薙《よこな》ぎに繰り出された爪が、柱を深く抉《えぐ》った。

ドガアアアアアアッ！

柱が砕け、巨大な破片が弾き飛ばされる。

その内のひとつがレクシアに迫った。

「きゃ……！」

「レクシア！」

「危ない……！」

ルナとティトが声を上げるのと同時に、シャオリンが動いた。

「！　させないの！」

シャオリンは双剣を構えると、柱を斬ろうとレクシアの前に飛び出し――

ドガアアアアアッ！

重たい轟音《ごうおん》が響き渡る。

シャオリンははっと息を呑んだ。

「兄様……！」

「ぐぅっ……！」

ルーウォンが、飛んできた柱を龍力で受け止めていた。

「すまないシャオリン、俺は、俺たちはずっと間違っていた……お前の龍力は本物だ……ッ！　そして、命を懸けて誰かを護《まも》ろうという勇気も、どんな困難をも前にして決して諦めない心も……！　お前こそが、この国を救う伝承の乙女だ……！」

その横で、降りかかる瓦礫《がれき》をユエが龍力を放って撃ち払い、マオが大蛇を出現させて、吹き付ける熱風や火の粉からシャオリンを守る。

「僕たちは怯《おび》えるばかりで、何もできなかった……お前こそが、皇帝の器に相応《ふさわ》しい！」

「あの化け物を倒せるのは、あなたしかいないわ……！　お願いシャオリン、あいつを──焔虎を倒して……！」

「……！」

シャオリンは噛みしめるように頷《うなず》くと、握った柄《つか》に最後の力を込めた。

双剣が眩《まばゆ》く輝き、真紅の刃《やいば》と化す。

「ルナさん、ティトさん、離れて！」

シャオリンの合図を受けて、ルナとティトが飛び退《しさ》る。

「一気に仕留める……！」

シャオリンは焔虎を見据えると、強く地を蹴って走った。

「やあああああああああああっ！」

「グルアアアアアッ！」

焔虎は危機を悟ったのか、床に向かって炎を吐いた。

シャオリンの行く手に激しい炎が噴き上がって壁と化す。

「なっ⁉　炎で障壁を作った……⁉」

「このまま突っ込めば焼け死ぬぞ！」

「シャオリン様、危ない！　――きゃっ⁉」

レクシアは思わず駆けだそうとして、瓦礫につまずいた。

その懐《ふところ》から、短剣ほどの大きさの魔導具が転がり落ちる。

「えっ、何これ⁉ 私こんなの持ってた⁉」

驚いてから、はっと思い出す。

「これ──ノエルがくれた魔銃だわ！ 確かすっごく強い魔法が込められてるのよね！」

レクシアは迷わず魔銃を構えた。

魔力を注ぎ込むにつれ、銃身が眩く輝き始める。

「シャオリン様を邪魔する壁なんか、吹き飛ばしてあげるわッ！」

凛々《りり》しい叫びと共に引き金を引く。

魔法を込めた魔弾が撃ち出され、炎の壁に着弾した。

ドッ……ゴオオオオオオオオオオオオオオオオオッ！

爆風が弾《はじ》け、炎の壁が吹き散らされる。

「やったぞ、焔虎が丸裸になった……！」

「い、今のは魔導具⁉ こんな凄《すさ》まじい力を秘《ひ》めた魔導具なんて見たことがないぞ……！」

「ガアアアアアアッ！」

炎の壁を失った焔虎は、なお加速するシャオリンに向かって火の球を弾き出した。

「ふッ！」

凄まじい速度で襲い来る火球を、シャオリンは森での修行を思い出しながら華麗に避《よ》ける。

「なっ!?　あの攻撃をすべて避けた……!?」

「す、すごい……あの子、いつの間にあんなに強くなったの……!?」

「なんて戦いぶりだ、まるで本当にファラン様が蘇《よみがえ》ったような……！」

ルーウォンたちが驚愕の声を上げる。

「ヴオオオオオオオオオオッ！」

焔虎が吼《ほ》え、炎の海から無数の異形が生まれる。

シャオリンに殺到しようとする異形を、ルナが糸で撃ち払い、ティトが爪で切り裂いた。

「こちらは任せろ！　シャオリンは焔虎を！」

「シャオリンさんなら大丈夫です、絶対にできます！」

「負けないで、シャオリン様……！」

炎の海を駆け抜けながら、シャオリンは柄を握る手に力を込めた。

「(レクシアさんたちは、わたしを信じてくれたの。今度はわたしが応える番なの……――！)」

双剣を覆うシャオリンの龍力が、紅《あか》く激しく燃え上がる。

「ああ、あれは……！」

リュウジェンが目を見開く。

――赤い髪をなびかせ、真紅の双剣を構えて疾《はし》るシャオリンの姿が、初代皇帝ファランと重なった。

「ガ、アアアッ……!?」

怯《ひる》む焔虎に向かって、レクシアが叫ぶ。

「よく目に焼き付けなさい、焔虎！　これが千年の刻《とき》を超えて蘇った、本物の龍力よ！」

その声に力を得て、シャオリンは焔虎目がけて跳躍した。

「喰《く》らえ――――――――っ！」

双剣を振り下ろせば、眩い真紅の力が荒れ狂う龍と化して焔虎に迫った。

「ガアアアアアアアアアッ！」

真紅の龍を迎え撃つべく、焔虎《えんこ》が灼熱《しゃくねつ》の炎を吐く。

しかし赤龍はその獄炎すらも喰らって、焔虎を呑み込んだ。


「グオ、オ、オォォオォオオオオオ……！」


焔虎の喉から断末魔が響く。

「やったわ！」

「いや、まだだ……！」

「ガ、ッ、アア、ァ、アァ……！」

赤い光の中で、半ば塵《ちり》と化しかけながら、焔虎がシャオリンへとにじり寄る。

もはや膨れ上がった憤怒《ふんぬ》と妄執だけが、焔虎を突き動かしていた。

「ガ、ァァアァアアア……ッ！」

声を嗄《か》らして吼え猛《たけ》る焔虎に向かって、シャオリンは鮮やかに剣を払った。

「はッ！」

チリンッ――ズバァァアアアアアッ！

涼やかな鈴の音が響いた直後。

神速の斬撃が、焔虎の首を落としていた。

「ガ、ガ……」

鮮やかな剣技に止《とど》めを刺されて、焔虎が赤い光の中に溶け消える。

燃え盛る炎が鎮《しず》まっていく中、シャオリンは剣を鞘《さや》に収めた。

「……その身を灼《や》く怒りごと、今度こそ永久《とわ》に眠りなさい」

水を打ったような静寂に、キンッ、と納刀の音が響く。

――こうして人知れず怒りを蓄え続けた伝説の魔物は、千年の刻を超えて蘇った真紅の龍力によって打ち砕かれたのだった。

剣を収めたシャオリンに、レクシアが飛びついた。

「やったわ、シャオリン様！」

「きゃっ」

驚くシャオリンをぎゅっと抱き締めて、真紅の髪を撫《な》でる。

「すごいわ、初代皇帝陛下でも倒せなかった魔物を倒しちゃうなんて！　とってもかっこよかったわ！」

「修行の成果が出ていたな」

「シャオリンさんの龍力、とっても綺麗《きれい》でした！」

シャオリンははにかみながら笑った。

「レクシアさんたちのおかげなの。本当にありがとう」

微笑《ほほえ》み合うレクシアたちの元に、皇子たちが近寄ってきた。

ルーウォンが噛《か》みしめるように謝罪を口にする。

「すまない、シャオリン。俺たちが間違っていた。お前こそが伝承の乙女だったんだな」

ルーウォンと同じく、ユエとマオも深々と頭を下げた。

「今までのこと、本当にごめん……！　この国を守ってくれて、ありがとう」

「一体なんて謝ればいいのか……これまであなたにしてきた罪を償うわ、何でも言ってちょうだい」

「兄様、姉様……」

シャオリンは笑って首を振った。

「いいの。これからはみんなで力を合わせて、リアンシ皇国をもっと豊かな国にしていけたら嬉《うれ》しいの！」

「シャオリン……」

花のように微笑むシャオリンに、ルーウォンたちが涙ぐむ。

その時、横たえられているリュウジェンが苦しげな声を上げた。

「シャオ、リン……お前の、その力は……」

リュウジェンはシャオリンに何か伝えようと口を開き、そのままがくりと力を失った。

「お父様！」

シャオリンが青ざめながらリュウジェンに縋《すが》り付く。

ルナが即座にリュウジェンの脈を測り、状態を調べた。

「……大丈夫、気を失っているだけだ」

「良かった……ルナさんとティトさんが、応急手当てをしてくれたおかげなの」

「とはいえ、治療は早い方がよさそうね！　急いで王宮に帰りましょう！」

レクシアの言葉に、ルーウォンが頷《うなず》いた。

「ああ。運ぶのは俺に任せてくれ」

ルーウォンは龍力の腕を発現させると、気を失っているリュウジェンを持ち上げる。

熱気の籠もる廊下を抜けて、外へ出る。

扉を開けた途端、爽やかな風が吹き抜けた。

「ふわあ、とっても暑かったです～……！」

「空気がおいしいな」

「んーっ！　これで三つの試練クリアねっ！」

新鮮な空気を胸いっぱいに吸い込むと、レクシアはシャオリンに微笑みかけた。

「シャオリン様、何があっても挫《くじ》けずに立ち向かう姿、本当に立派だったわ！　その勇気と諦めない心が、多くの人を救ったのよ……どうか自信を持って。シャオリン様なら、フアラン様のように、きっとたくさんの人を幸せにできる。私が保証するわ！」

シャオリンが嬉しそうにはにかむ。

「ありがとうなの。でも、わたしがここまでがんばれたのは、レクシアさんたちがいてくれたからなの。レクシアさんたちは、世界一の家庭教師なの！」

四人は花が零《こぼ》れるように笑った。

こうしてすべての試練を乗り越えた一行は、皇都への帰路についたのだった。

エピローグ

焔虎は滅び、リアンシ皇国に真の平和が訪れた。

深手を負ったリュウジェンも宮廷魔術師の治癒によって完治し、試練の儀の閉会式典が執り行われることになった。

そして、閉会式典の直前。

レクシアや皇子たちは、リュウジェンの部屋に集まっていた。

「父上、話とは一体……」

焔虎を倒したはずなのに、リュウジェンの表情は暗い。

皇子たちや第三皇妃のユーリが見守る中、リュウジェンは沈痛な面持ちで口を開いた。

「すまない、シャオリン。お前に呪いの蟲《むし》を飲ませたのは、我だ」

「お父様が……!?　どうして……」

シャオリンばかりでなく、その場に居る全員に動揺が走る。

リュウジェンは、真紅に染まったシャオリンの髪を苦しげな表情で見つめた。

「お前が生まれた時、その鮮やかな赤髪と規格外の龍力を見て、多くの者が『国の危機を救う伝承の乙女』だと喜んだ……だが、強大すぎる力は、時として身を滅ぼす毒にもなる。──実は初代皇帝であるファラン様は、強すぎる龍力によって命を蝕《むしば》まれ、若くして亡《な》くなったのだ」

その場の全員が息を呑《の》んだ。

「そんな……ファラン様の夭折《ようせつ》は、龍力が原因だったなんて……」

「シャオリン、お前に宿る龍力はあまりにも強大すぎた。そしてお前を失うことを恐れた我は、幼いお前に龍力を喰らう呪いの蟲を飲ませたのだ……本当にすまなかった……」

「お父様……」

リュウジェンは震える手で顔を覆った。

「だが、お前は本来の龍力を──命をも蝕むほどの強大すぎる力を取り戻した。若くして命を落とされたファラン様と同じく、このままではお前も……」

「そんな……！」

ユーリが青ざめ、レクシアたちも声を失った。

「誰がシャオリン様に呪いの蟲を呑ませたのか不思議だったけど、そういうことだったのね……」

「シャオリンを想《おも》うが故の行動だったのか」

「でもこのままじゃ、シャオリンさんが……」

ルーウォンがはっと思いついたように口を開く。

「そうだ、その呪いの蟲というのを、もう一度使えば……！」

縋るような視線に、しかしリュウジェンは弱々しく首を横に振った。

「あの蟲も強力な呪いだ、二度は使えん。もはやシャオリンを救う手立てはないのだ……」

「そんな……なんとかならないのですか、父上！」

「シャオリンは、僕たちを、この国を守ってくれたのに……！」

「こんなの間違ってるわよォ！」

「兄様、姉様……」

涙ぐむルーウォンたちに、シャオリンは眉を下げて微笑んだ。

「ありがとう……でも、いいの。わたしはこの身に宿る龍力で焔虎《えんこ》を倒して、たくさんの人を助けることができたの……ずっと憧れていたファラン様のように。それにお父様が、わたしを愛して、案じてくださっていたことが分かった……それだけで十分なの。残った命を、リアンシ皇国のために使うの」

「そんな、シャオリン……！」

　ティトが泣きそうに目を潤ませる。

「ど、どうしましょう、何か方法はないんでしょうか……！」

「あの様子からすると、リュウジェン陛下も手を尽くしてシャオリンを救う方法を探したのだろうが……何か、呪いの蟲に代わる——いや、それ以上の特別な薬でもあれば……」

「特別な薬……」

　悲痛そうなルナの呟《つぶや》きにレクシアが反応し、はっと顔を上げた。

「あっ、そういえば！」

「なんだ、こんな時に」

「えーっと、確かこの辺に入れたのよね！」

　レクシアは怪訝《けげん》そうなルナに構わず、ごそごそと荷物を探る。

　そして、

「あったわ！」

　レクシアが意気揚々と取り出したのは、オーディスから預かった小瓶と手紙であった。

リュウジェンが戸惑いつつ尋ねる。

「それは？」

「『魔聖《ませい》』様からいただいたの！　必要な時に使えって」

「ま、ままま『魔聖』!?　『魔聖』とは、魔法を極めた『聖《せい》』のことか!?」

「君たち、『魔聖』と知り合いなのか!?」

「本当にただの家庭教師なの!?」

驚くルーウォンたちに構わず、レクシアは手紙を広げた。

「きっと今が、『必要な時』なのよ！　それじゃあ読むわね、ええと……

『この薬は、私が開発した一点物だ。悪趣味な蟲などに頼らずとも、これを飲めば龍力を保ったまま寿命を全うできるだろう』……？」

「「「「え……ええええええええええっ!?」」」」

重く沈んでいた空気が一気に吹き飛ぶ。

「な、なんと、そのような人智《じんち》を超えた薬が……!?」

「オーディス様、まさかここまで予知していたのか!?　とんでもない御方だな……！」

「た、確かに私たちが秘薬を作っている横で、別の薬を作ってるな～とは思っていましたがっ……あの短い間でそんな薬を開発しちゃうなんて、さすがは『魔聖』様です……！」

レクシアは、驚いているシャオリンに薬を差し出した。

「さあ、シャオリン」

シャオリンは頷くと、小瓶を受け取った。

覚悟を決めたように目を閉じ、飲み干す。

するとシャオリンの全身が淡く輝き、やがて光が馴染《なじ》むようにして収まった。

「身体《からだ》が温かい……なんだか、胸の辺りが軽くなった気がするの」

「光が馴染めば、効いた証拠ですって！　良かった、これでもう強すぎる龍力に命を脅《おびや》かされることはないわ！」

リュウジェンは目に涙を浮かべると、ユーリと共にシャオリンを抱き締めた。

「ああ、シャオリン……良かった……！」

「……ありがとう、お父様」

シャオリンは父親と母親に抱かれながら、幸せそうに笑った。

「これで大団円！　一件落着ねっ！」

皇子たちもその姿を優しい目で見守っていたが、ふとレクシアたちに視線を移した。

「しかし、君たちは一体？　あの焔虎を相手に、獅子奮迅《ししふんじん》の戦いぶりだったが……」

「それに、何か特別な力も宿しているみたいだったね」

「その上、『魔聖』様とも知り合いだなんて……ただの家庭教師とは思えないわ。一体何者なの？」

「そういえば、自己紹介がまだだったわね」

レクシアは金髪を払うと、眩《まぶゆ》い笑顔で誇らしげに名乗りを上げた。

「私はアルセリア王国の第一王女、レクシア。レクシア・フォン・アルセリアよ！」


「「「んなぁっ……!?」」」

皇子たちだけではなく、リュウジェンも目を剝《む》く。

「あ、アルセリア王国の、王女殿下……!?」

「他国の王族が、なぜシャオリンの家庭教師に!?」

驚きの視線の中、レクシアは胸を張る。

「私たち、世界を救う旅に出たの！」

「せ、世界を救う旅!?　一国の王女が!?」

「わけが分からないわ!?　一体どういうことなのよォ!?」

「っていうか、どうしよう……僕、散々失礼なことしでかしちゃったんだけど……!?」

ルーウォンたちは驚くやら青ざめるやらで忙しそうだ。

リュウジェンはしばし呆然《ぼうぜん》としていたが、我に返るとレクシアたちに向かって深々と頭を下げた。

「そうであったか……レクシア殿。そして、お仲間の方々。貴殿らの活躍によって、焔虎は滅び、脅威は去った……心よりお礼を申し上げる」

「顔を上げてください、皇帝陛下。私たちがしたくてしたことですもの。それに、シャオリン様の家庭教師として、当然のことをしたまでですよ！」

「ああ。実にやりがいのある任務だったな」

「シャオリン様と一緒に成長できて、楽しかったです！」

その時、兵士が呼びに来た。

「陛下、閉会式典の準備が調いました」

リュウジェンが鷹揚《おうよう》に頷《うなず》く。

「うむ。それでは行くとしよう」

＊＊＊

閉会式典の会場では、観客がざわめきながら皇位継承者たちの入場を待っていた。

興奮と熱気の中、レクシアの父であるアーノルドは貴賓席でひたすらに祈っていた。

「レクシア、どうか無事でいてくれ……！」

「大丈夫です、陛下。試練の儀で死者が出たという報は入っておりません。何より、ルナや『爪聖《そうせい》』の弟子である少女もついております、どうぞ平静を保たれますよう」

アーノルドを宥《なだ》めつつ、オーウェンも内心気が気ではなかった。

その時、銅鑼《どら》が打ち鳴らされ、会場に皇位継承者たちが入ってくる。

アーノルドとオーウェンの目に飛び込んできたのは、シャオリンと共に意気揚々と手を振りながら入場してくるレクシアたちの姿であった。

「レクシア――――！　無事であったか――――――！」

「陛下！　お鎮《しず》まりください、他国の目がございます！　今は静かに見守って、式典が終了次第身柄を確保いたしましょう！　お気持ちは分かりますがどうぞ声を抑えて威厳を保たれますよう、落ち着い、座っ、声を抑え、黙っ……落ち着けェ！」

感涙のあまり飛び出さんばかりのアーノルドを、オーウェンは必死に押さえたのだった。

＊＊＊

観客たちが見守る中、閉会式典が始まった。

壇上のリュウジェンが、朗々と声を張る。

「此度《こたび》の試練の儀、四人の皇位継承者は、見事三つの試練を乗り越えて帰還した。その結果に基づき、四人の中より次期皇帝を決定する」

リュウジェンは四人の皇位継承者を見下ろし、目を細めた。

「次期皇帝は——シャオリン、お前だ」

わっと歓声が上がり、シャオリンが驚きながら皇帝を見上げる。

「お父様……！」

リュウジェンは観客に向かって声を張った。

「シャオリンがいかに次期皇帝に相応《ふさわ》しいか——それを説明する前に、皆に、リアンシ皇国の真実を伝えたい。千年前にこの地を襲った焔虎についてだ。焔虎はファラン様に倒されたとされていたが、そうではない。我々皇帝家が、代々封印し続けてきたのだ。それが皇帝家の務めであった。……だが先日、その封印が解けた」

観客からどよめきが巻き起こる。

「な、なんだって⁉　焔虎は倒されていなくて、しかも封印が解けたって……⁉」

「焔虎って何もかもを燃やし尽くす強大な魔物なんでしょう⁉　一体どうなっちゃうの⁉」

国民たちの動揺を切り裂くようにして、重々しい声が告げた。

「封印されている間、怒りを蓄え続けた焔虎は、千年前よりも遥《はる》かに強大になっていた……しかしその焔虎を、シャオリンが龍力によって打ち倒したのだ！」

「しゃ、シャオリン様が焔虎を⁉」

「シャオリン様、龍力が使えるようになったんだね！　焔虎を倒すなんてすごいや！」

「そ、そういえば、シャオリン様の髪が真紅に変わっている……シャオリン様こそが、伝承の乙女だったんだ！」

「ふふふ、そうよ、シャオリン様はすごいんだから！」

「なんでお前が自慢そうなんだ」

誇らしげに胸を張るレクシアに、ルナが突っ込みを入れる。

空を揺るがすような歓声に包まれながら、リュウジェンはシャオリンへと優しいまなざしを向けた。

「シャオリン。お前が試練で見せた強さや勇気、聡明《そうめい》さ、判断力、そして人を想《おも》う心。まさに皇帝の器に相応しい。いずれ我に代わって、この国を導いてくれるか」

「あ、ありがとうございます……お父様が認めてくださったこと、とても嬉《うれ》しいの。でも……」

シャオリンは喜びと戸惑いがない交ぜになった表情で、兄姉たちを振り返る。

するとルーウォンたちは笑った。

「異論などあるわけがないさ。お前はきっと立派な皇帝になる。これからは力を合わせて、お前の剣となり盾となって支えていこう」

「諦めない心や勇気、優しさ……お前から大切なことを学ばせてもらったよ」

「あなたなら、この国や人々を立派に導いていける。私たちの自慢の妹だわ」

シャオリンは頬を上気させてはにかんだ。

「兄様、姉様……ありがとう。わたし、きっと兄様たちに恥じない皇帝になるって約束するの。リアンシ皇国をもっと豊かで素敵な国にするために、力を貸してもらえたら嬉しいの」

ルーウォンたちが力強く頷き、観客たちも弾《はじ》けるような笑顔で万雷の拍手を送る。

「次期皇帝はシャオリン様だ！」

「シャオリン様は聡明でお優しい方じゃ。きっと、リアンシ皇国をより良い国にしてくださるじゃろう」

「シャオリン様がこの国をどう導いていくのか、今から楽しみだ！」

空を突き抜ける歓声の中、レクシアが翡翠《ひすい》色の瞳を輝かせて笑う。

「やっぱり私が思った通りね、シャオリン様は皇帝になる運命だったのよ！　家庭教師として誇らしいわ！」

「ああ。千年皇国の皇女の家庭教師と聞いた時は、どうなることかと思ったが……なかなかおもしろい任務だったな」

「うう、シャオリンさん、立派になって……！」

レクシアたちが見守っていると、シャオリンが観客に向かって声を張った。

「みんな、ありがとうなの！　でもわたしは、一人で試練を乗り越えたわけではないの！　ここにいるみんなに紹介させてほしいの……わたしをここまで導いてくれた、家庭教師の先生なの！」

会場中の注目がレクシアたちに集まる。

「先生たちは、龍力さえ使えなかったわたしを信じて、導いて、一緒に焔虎《えんこ》を倒してくれたの。先生たちがいなかったら、わたしは試練の儀に参加することさえ出来なかったし、ここにいなかったの」

「あの子たちが、シャオリン様と一緒に焔虎を倒したって⁉　すごいな！」

「随分と可憐《かれん》な家庭教師じゃのう」

「シャオリン様を導いてくださってありがとうー！」

割れるような拍手に包まれて、レクシアたちは嬉しそうに笑ったのだった。

＊＊＊

閉会式は熱狂の内に幕を閉じ、一行は王宮に場所を移していた。

リュウジェンが改めてレクシアたちに頭を下げる。

「そなたたちの働き、此度の最大の功労者といっても過言ではあるまい。よくぞシャオリンを支え、共にこの国を救ってくれた」

「本当に、心からお礼を申し上げます。ありがとうございました」

ユーリも安堵《あんど》と感謝に涙を滲《にじ》ませながら礼を言う。

リュウジェンがレクシアに鏡を手渡した。

「ささやかだが、我からこれを贈らせてくれ」

「これはもしかして……真実の鏡？」

それは第一の試練でシャオリンたちが集めた破片を繋《つな》ぎ合わせた鏡だった。

「ああ。実はこの鏡は代々皇帝家に伝わる宝物で、魔法や邪気を撥《は》ね返す力があると言われていてな。こうして欠片《かけら》が揃《そろ》ったことだ、ぜひ貴殿たちの役に立ててほしい」

「真実の鏡にはそんな力があったのね、すごいわ！　ありがとうございます！　これでこの先の旅、どんな敵が来たって怖くないわね！」

レクシアは気軽に受け取ると、さっそく鏡で髪を直し始める。

その横でルナとティトが目を見開いた。

「魔法を撥ね返す鏡だと⁉　そんなアイテムは聞いたことがないぞ、想像以上にとんでもない代物なんじゃないのか⁉」

「レクシアさん、そんなすごい鏡で髪を直しています！」

「やっぱり大胆すぎるの……！」

その時、部屋の外から慌ただしい声がしたかと思うと、二人の人物が乱入してきた。

「見つけたぞ、レクシア――――！」

「落ち着いてください、陛下ッ！」

現れたのは、荒ぶるアーノルドと、それを必死に押しとどめようとしているオーウェンであった。

「あら、そういえばお父様もいらしてたんだわ」

「ええい、こちらに来い、レクシア！　共にアルセリア王国に帰るぞ！」

「陛下、お気持ちは痛いほど分かりますが、リアンシ皇国の皇帝陛下の前ですぞ、どうぞお鎮まりくださいっ……！」

「ずっと行方を案じていた最愛の娘が目の前にいるのだ、落ち着いてなどいられるか！　というか、シャオリン様と共に焔虎を倒したとはどういうことだ⁉　そんな危険な旅だとは聞いておらぬぞ！」

今にもオーウェンを振りほどきそうなアーノルドを見て、レクシアが目を丸くする。

「いけない、早く出発しなくちゃ！」

「お守りとしては、一度アルセリア王国に戻ってほしいところだが……」

「いやよ！　一度戻っちゃったら、抜け出すのが大変になるじゃない！」

「抜け出すことが前提なのか……」

「っていうか、お守りってなによ⁉　ルナは私の護衛でしょ！」

「あわわわ、出発するなら早くしないと、王様が今にも捕まえにきそうです……！」

にわかに慌ただしくなるレクシアたちに、リュウジェンが笑いかける。

「もう発《た》たれるのだな……よくぞシャオリンを育て、導いてくれた。我が娘を、そしてリアンシ皇国を救ってくれたこと、心より感謝する。……貴殿の父上には、我から事の経緯を説明しよう。裏の扉から出るといい」

ユーリも改めて頭を下げた。

「生涯、このご恩を忘れることはありません。どうかお気を付けて」

「レクシアさん、ルナさん、ティトさん。本当に……本当に、ありがとう」

噛《か》みしめるように告げるシャオリンに、レクシアは花のように笑った。

「あら、私たちはちょっとお手伝いしただけよ。一番すごいのはシャオリン様だわ。よくがんばったわね！」

「シャオリンさんの家庭教師ができて、楽しかったです！　離れていても、ずっと応援してますから……！」

「シャオリンは私たちの自慢の教え子だ。これからも、その素直さを忘れずにな」

「うん……！」

涙ぐむシャオリンの手を、レクシアが優しく握る。

「元気でね、シャオリン様。また会えるのを楽しみにしてるわ！」

「わたしも楽しみにしてるの。旅が落ち着いたら、ぜひリアンシ皇国に遊びに来て。また皇都を案内するの！」

「ええ、お忍びでね！」

おてんば王女と小さな次期皇帝は、顔を見合わせて笑った。

「ええい、放せオーウェン！　レクシア、戻るのだ、レクシア────っ！」

「それじゃあ、またね！」

笑顔で見送るシャオリンたちに大きく手を振って、三人は部屋を飛び出したのだった。

＊＊＊

「んーっ、いい天気！　最高の旅立ち日和ね！」

皇都の賑《にぎ》やかな雑踏を駆け抜けながら、レクシアが軽やかに笑う。

その隣で、ルナがため息を吐《つ》いた。

「やれやれ、家庭教師をするだけのはずが、まさか『七大罪』と戦うことになるとは……

思った以上に骨が折れたな」

「でも、無事に解決できて良かったです！」

「そうね、シャオリン様ともお友だちになれたし！」

ご機嫌なレクシアに、ルナは半眼を向けた。

「しかしレクシア、そろそろ一度アルセリア王国に帰った方がいいのではないか？」

「レクシアさんのお父さんと護衛の騎士さん、とっても心配されてましたね……」

「あら、私たちが元気に旅をしてることが伝わったんだし、いいじゃない。それに、この世界にはまだまだ困っている人や、助けを求めている国があるわ！　世界を救うまで、私たちの旅は終わらないのよ！」

「ならばせめて手紙を出せ。こまめに状況を報《しら》せていれば、あそこまでは心配されないだろう」

「わ、私、代わりにお手紙を書きましょうか……⁉」

「大丈夫よ、便りがないのはいい便りっていうし！」

「それは便りを待っている側が言う台詞《せりふ》だ！」

千年皇国の皇都に、軽やかな笑い声と爽やかな風が吹き抜ける。

レクシアは笑って、抜けるような青空を見上げた。

「さあ、次はどこへ行こうかしら！」

こうして、はからずも千年皇国を滅亡の危機から救った一行は、次の目的地を求めて新たな旅路につくのだった。

あとがき

こんにちは、琴平稜《ことひらりょう》です。

『異世界《いせかい》でチート能力《スキル》を手《て》にした俺《おれ》は、現実世界《げんじつせかい》をも無双《むそう》する』ガールズサイド3巻をお手に取っていただきまして、誠にありがとうございます。

前巻の雪に覆われた北の帝国からところ変わって、今巻の舞台は東方の千年皇国。レクシアたちがワケあり皇女の家庭教師をすることになり、苛烈な皇位後継者争いに巻き込まれていくというお話です。

少しでも楽しんでいただけましたら嬉《うれ》しいです。

早速ですが、謝辞に移らせていただきます。

今回もご多忙の中監修をしてくださった美紅《みく》先生。いつもお優しくありがたいお言葉に活力をいただいております。そしてアニメで声の出演をされていた際、あまりに自然すぎてまったく気付かずクレジットを二度見しました……！　すごすぎる……！

いつもお世話になっております編集様。打ち合わせでご指導をいただく度にぐんぐん原稿がおもしろくなっていって、本当に勉強になると同時に、早く精進せねばと己を叱咤《しった》する日々です。今後とも何卒《なにとぞ》よろしくお願いいたします。

今回も素晴らしいイラストを描いてくださった桑島《くわしま》先生。いつも想像を遥《はる》かに超える、可愛《かわい》く美しくカッコいいイラストの数々にパソコンの前で手を合わせております。毎回レクシア一行の旅先ならではの衣装を楽しみにしております。

そして、今このあとがきを読んでくださっている皆様。

皆様の温かい応援に支えられて、今もこうして執筆することができています。

本当にありがとうございます。

おもしろさ規格外の『いせれべ』を皆様と共にさらに盛り上げる一助になれるよう、より一層励んでまいりますので、引き続き見守っていただけますと幸いです。

琴平稜

富士見ファンタジア文庫

異世界《いせかい》でチート能力《スキル》を手《て》にした俺《おれ》は、
現実世界《げんじつせかい》をも無双《むそう》する　ガールズサイド3
～華麗《かれい》なる乙女《おとめ》たちの冒険《ぼうけん》は世界《せかい》を変《か》えた～

令和5年9月20日　初版発行

著者――琴平《ことひら》　稜《りょう》
原案・監修――美紅《みく》

発行者――山下直久
発　行――株式会社KADOKAWA
〒102-8177
東京都千代田区富士見2-13-3
0570-002-301（ナビダイヤル）
印刷所――株式会社暁印刷
製本所――本間製本株式会社

ISBN978-4-04-075055-2 C0193　◇◇◇

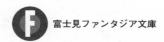

切り拓け！キミだけの王道
ファンタジア大賞
原稿募集中！
賞金
《大賞》300万円
《金賞》50万円
《銀賞》30万円
選考委員
細音啓 「キミと僕の最後の戦場、あるいは世界が始まる聖戦」
橘公司 「デート・ア・ライブ」
羊太郎 「ロクでなし魔術講師と禁忌教典《アカシックレコード》」
ファンタジア文庫編集長
前期締切 8月末日
後期締切 2月末日
公式サイトはこちら！ https://www.fantasiataisho.com/
イラスト／つなこ、猫鍋蒼、三嶋くろね